像一块掉进莲花池中的大石头，

她跳进这张精致的罗网里。

网被击碎，

只有水底的根茎将她托起。

虚荣心使人们变得很善变。

男孩们想要更多的戏份，

女孩们想要精致的服装，

而费用必须控制在较低的水平，

……他们不能像她一样认识到，

洗碗布裹在头上在户外看起来

比真正的丝绸更具魅力。

作品集 伍尔夫

Between the Acts

Virginia Woolf

幕间

[英] 弗吉尼亚·伍尔夫——著
刘钟梁——译

华中科技大学出版社
http://www.hustp.com
中国·武汉

图书在版编目（CIP）数据

幕间 /（英）弗吉尼亚·伍尔夫著；刘钟梁译．-- 武汉：华中科技大学出版社，2020.9（2021.5重印）

（伍尔夫作品集）

ISBN 978-7-5680-6377-7

Ⅰ．①幕… Ⅱ．①弗… ②刘… Ⅲ．①长篇小说—英国—现代 Ⅳ．① I561.45

中国版本图书馆 CIP 数据核字 (2020) 第 128104 号

幕间

Mujian

[英] 弗吉尼亚·伍尔夫 著

刘钟梁 译

策划编辑：刘晚成

责任编辑：林凤瑶

责任校对：阮　敏

责任监印：朱　玢

装帧设计：璞茜设计 2815932450@qq.com

出版发行：华中科技大学出版社（中国·武汉）　电话：（027）81321913

武汉市东湖新技术开发区华工科技园　邮编：430223

印　　刷：武汉精一佳印刷有限公司

开　　本：880mm × 1230mm　1/32

印　　张：8

字　　数：128 千字

版　　次：2021 年 5 月第 1 版第 2 次印刷

定　　价：29.80 元

一个夏日的夜晚，他们在一间大房间里讨论污水沟的问题，房间的窗户朝花园敞开着。郡政府承诺过为乡村引水，但还没有兑现诺言。

乡绅农场主的妻子海恩斯太太，鹅蛋脸，眼睛像看到沟中有可贪食的东西一样向外凸出着，她矫揉造作地说：“这样的夜晚怎么讨论起这个话题来了！”

然后是一阵沉默，接下来是奶牛咳嗽的声音，于是她说多么奇怪啊，小时候她从来没有怕过奶牛，只怕马。因为她还是个坐在摇篮车里的幼童时，一匹拖货车的骏马只差一英尺就擦到她的脸了。她对坐在扶手椅里的老人说，她的家族在利斯卡德住了许多个世纪了，这一点教堂墓地的坟墓可以证明。

房外传来咯咯的鸟叫声。“是夜莺吗？”海恩斯太太问道。不是吧，夜莺不会来这么靠北的地方。是只日光鸟，因白天吃到了虫子、蜗牛、玉米粒等各色鲜美多汁的美食而咯咯地欢叫着，甚至睡着了也很欢喜。

扶手椅里的老人是奥利弗先生，英属印度行政机构的退休公职人员，他说如果他听说的没错，污水沟的选址是在罗马路上。他说，从飞机上仍然可以看到，非常明显地看到英国人、罗马人和伊丽莎白庄园留下的痕迹，以及耕种留下的痕迹，因为拿破仑战争期间，他们曾在那儿开垦山丘种小麦。

“但是你不记得……”海恩斯太太开口说。不，不是这样，他仍然记得，正打算告诉他们他记得什么，门外突然传来一阵响声。他儿媳妇伊莎走了进来，她头上扎着两条辫子，穿着一件睡袍，上面的孔雀图案都褪色了。伊莎像天鹅般迈着优美的步子走了进来，在众目睽睽之下停住脚步，发现房间有人，她吃了一惊。房间内灯光闪烁，她抱歉地说她一直在陪生病的儿子坐着，没注意到房间有人。他们在说些什么呢？

“讨论污水沟的问题。”奥利弗先生说。

“这样的夜晚怎么讨论起这个话题来了！”海恩斯太

太再次大声感叹说。

他就污水沟的问题或者就任何问题说过什么？伊莎心想着，把头倾向乡绅罗伯特·海恩斯。她在集市上见过他，还有一次是在网球聚会上，他给她递了一次杯子和球拍，仅此而已。但她总能从他饱经沧桑的脸上感受到神秘，从他的沉默不语中感受到热情。在网球聚会上她感受到了，在集市上她也感受到了，现在是第三次，她更加强烈地感受到他的神秘和热情。

“我记得，”老人的话打断了她的思绪，“我母亲……”关于母亲，他记得她非常强壮，她的茶叶罐一直上锁，就在这间房间里她给了他一本拜伦的作品。这是六十年前的事情了，他告诉他们，他母亲就在这间房间给了他拜伦的作品。他停顿了一下。

“她在美中徜徉，像夜晚一般。”[①]他信手拈来一句。

又接一句：

① 英国诗人拜伦《她在美中徜徉》中的诗句。

“但我们不再一起漫游，在这皎洁的月光里。”[1]

伊莎抬起头来，诗句激起了两道涟漪，两道完美的涟漪，载着她和海恩斯，他们化成两只天鹅沿河漂流。但他雪白的胸脯被肮脏的浮萍缠绕，而她的蹼也被她做股票经纪人的丈夫缠绕。坐在那张只有三只腿的椅子上，她摇晃着，乌黑的发辫悬垂下来，她的身体裹在褪色的睡袍里，像一只长枕。

海恩斯太太感受到了环绕他俩的情意，她被排除在外。她等待着，像是等待着风琴的乐声完全结束后再离开教堂。开车回他们那栋小麦地边红色别墅的路上，她可以摧毁这种情愫，就像画眉啄掉蝴蝶的翅膀。她有十秒钟的时间可以进行干预，于是她站起来，又停顿了一下，然后，像是听到最后的音乐声消失殆尽了，她把手伸向贾尔斯·奥利弗太太（伊莎）。

虽然本该在海恩斯太太起身的同时站起来，但是伊莎继续坐着。海恩斯太太用鹅眼一样的双眼瞪着她，咯咯地叫着，“贾尔斯·奥利弗太太，请不要无视我的存在……”

---

① 英国诗人拜伦《好吧，我们不再一起漫游》中的诗句。

伊莎不得不从椅子上站起来，她穿着褪色的睡袍，辫子从两边的肩膀上垂下来。

笼罩在夏日清晨的光辉下，波因茨宅看起来是一栋中等大小的宅子，没能跻身于旅游手册上提到的那些宅邸。它太平常了，灰色的屋顶、成直角排列的厢房，不幸地处地势低洼的草地，旁边的堤岸上环绕着一排排树木，如此一来，缭绕的炊烟便可飘到树上白嘴鸦的鸟巢里，但是这座颜色发白的宅子却是令人向往的住所。坐车经过时，人们会相互询问："不知道那座宅子会不会在市场上出售？"然后问司机，"住在那里的是谁？"

司机不知道。奥利弗家族一百多年前买了这个地方，他们与华林家族、埃尔维家族、曼纳林家族或伯内特家族都没有什么联系，而通常相互通婚的古老家族，死后在墓园的地底下也会像常春藤的根一样相互缠绕。

奥利弗家族来到波因茨宅也不过一百二十多年的时间。从主楼梯（其后还有一个楼梯，仅供佣人使用）往上走，有一幅画像。走到楼梯中间可以看到画上的一段黄色织锦，上到楼梯顶部，画像上一张施了粉黛的小巧脸庞和悬挂着珍珠的漂亮头饰映入眼帘，是祖先一类的人物吧。走廊连着六七间敞开门的卧室。男管家曾经是个士兵，娶了某位勋爵夫人的侍女。在一个玻璃橱柜里陈列着一只手表，它曾在滑铁卢战场上挡过一颗子弹。

现在是清晨，草叶上滚动着露珠，教堂的钟敲响了八次。斯威森太太拉开卧室的窗帘，褪色的印花布窗帘，绿色的衬里给窗户染上了淡淡的绿色，从外面看过去，十分协调。她把衰老的双手放在窗户的搭扣上，猛地把搭扣打开，然后就站在那里。她是老奥利弗已婚的妹妹，丧夫。她一直渴望有一处自己的房子，也许是在肯辛顿，也许是在克佑区，这样她便可以拥有自己的花园。但她在波因茨宅度过了整个夏天，而当冬天的冷雨敲打着窗玻璃，寒风吹落一地落叶阻塞排水沟的时候，她又说："巴特，他们为什么把宅子面朝北建在山谷中？"她的哥哥回答道："很明显是要躲避某些自然因素，在泥泞中驱赶马车得需要四匹马吧？"然后他给她讲发生在 18 世纪冬天的一个有名的故事：当时整整一个月宅子都被积雪封锁，树木倒塌。所以每年冬天来临时，斯威森太太就会去黑斯廷斯住。

但现在是夏天，她被鸟儿们唤醒了。它们闹得多欢啊！像许多唱诗班的男童抢吃一块冰冻蛋糕一样，抢着打破黎明的寂静。她不得不听鸟儿的欢闹，于是她伸手取下最喜欢的书《历史纲要》读了起来，三点到五点她都在想皮卡迪利广场的杜鹃花林。她明白了，那时候整个大陆是一个整体，不像现在这样被一个海峡分开。当时大陆满是长着大象身体、海豹脖子的怪物，它们大声喘息、横冲直撞、慢慢翻腾跳跃，并且她认为它们还会不断咆哮。禽龙、猛犸象、乳齿象，她一边想我们可能是从这些动物进化而来的，一边猛地打开了窗户。

实际上她花了五秒钟（她心里觉得过去的时间远比这要长）才将用托盘托着青瓷的格蕾丝和脑海中那头咕噜咕噜的野兽区分开，那头野兽正要在原始森林里冒着蒸汽的绿色矮树丛中摧毁一棵大树。自然，当格蕾丝放下托盘说“早上好，夫人”时，她吓了一跳。“巴蒂（斯威森太太的别名）。”格蕾丝叫道，因为她明显感受到巴蒂脸上游离的目光，仿佛一半投向沼泽地里的野兽，一半投向她这个穿着印花长衫和白色围裙的侍女。

“这些鸟儿真吵！”斯威森太太胡乱地说道。窗户这会儿打开了，鸟儿们确实在欢闹。一只热情的画眉跳跃着穿过草坪，它嘴上缠绕着一只粉色的橡胶圈。这一场景让她又想继续在想象中重构过去，但她还是停了下来。她沉溺于遁入过去或将来，以此加强当下的界限；她喜欢斜着身子走在走廊和巷道里，但是她记得她母亲——她母亲就是在那间房里指责她，“别站着打哈欠，露西，不然风向会变的……”母亲之前经常在那间房里指责她——“但是她已经去往不同的世界了。”她哥哥会这样提醒她。于是她坐下来喝早茶，像任何其他高鼻梁、瘦脸颊的贵族老太太一样，手戴戒指，穿着过去那种虽显破旧却依然华丽的平常服饰，这当然还包括她胸前那个闪闪发光的十字架。

早餐后保姆们推着婴儿车在露天平台来回走动。她们一边漫步一边谈话——谈话的内容不是零散的信息或简单观点的传递，相反话语在她们嘴里流畅地滚动着，像舌头上滚动的糖果，随着糖果在嘴里慢慢地融化，散发出粉色、绿色和甜味。这个早上令人愉快的谈话内容是：“厨师如何因为芦笋而责备一个伙计；她打电话过来，我说，配上衬衣那是一套多么漂亮的衣服啊。”这些又引向了关于某个伙计的某些事情的谈话，在这个过程中，她们一边愉快地交谈，一边推着婴儿车在平台上走来走去。

很遗憾波因茨宅的修建者把宅子建在山谷中，因为穿过花园和菜地还有这一片高地。大自然提供了这个建房的场所，人们却把宅子建在山谷里。大自然提供了这一片土地，长和高都达半英里，地势一直延伸到莲花池边才突然下沉。这个露天平台足够宽敞，能够容纳水平放倒的某一棵大树。你可以在树荫下来回踱步、走来走去。每两三棵树紧挨在一起，每两三棵树之间都有间隔。树根把地面的草皮冲破，树根之间有泛绿的水流和草垫，草垫上春天生长着紫罗兰，夏天生长着紫色野兰花。

艾米正说着某个伙计的事儿，这时候推着婴儿车的梅布尔突然转身，她的糖果已经吞了下去，“别在地上挖了。”

她严厉地说，“走了，乔治。”

小男孩落在她们身后，鼻子都要贴到草丛了。小女婴卡罗猛地把小拳头伸到盖在她身上的小被子外面，把放在被子上的绒毛熊弄掉了，艾米不得不俯身把它拾起。乔治还在草地上挖草，花儿在树根之间的角落绽放了，一层层的薄膜被撑碎。花儿是淡黄色的，在天鹅绒的薄膜之下摇曳着柔和的光亮，使双眼所及和所不及的洞穴充满亮光。洞穴内部的黑暗变成充满黄色亮光的厅堂，还伴随有树叶和泥土的气息。树长在花儿后面，草、花、树融合在一起。乔治双膝跪地四处寻找，整个握着那朵花儿。突然一声怒吼，一口热气和一团粗糙的白发猛地冲到了他和花朵之间。乔治跳了起来，因为害怕而差点摔倒，他只看见迈着双腿向他冲过来的人像一头恐怖的、面容憔悴的、挥舞着双手的无眼怪兽。

“早上好，先生。”“怪兽”从纸片做的鸟喙里用沉闷的声音对他说。

老头从藏身的树后突然出现在他面前。

“说早上好，乔治，说‘早上好，爷爷’。”梅布尔催促他，把他推向那个人。但是乔治杵在那儿张着嘴，目不转睛地看着他。奥利弗先生扯走了那张叠成鸟嘴状盖在脸上的报纸，真人出现了。一个高大的老人，双眼炯炯有神，脸上布满皱纹，头上光秃秃的。他转过身来。

“回来！”他大叫道，“快回来，畜生！”乔治也转过身，保姆们拿着绒毛熊也转过身，他们都转过身去看那条阿富汗猎犬苏赫拉布在花丛中翻滚跳跃。

“快回来！”老人大吼，像命令一支军队一样。这让保姆们心生敬畏，像他这么大年纪的老人还能喝令一条那样的猛兽并让其听命于他。阿富汗猎犬回来了，侧身靠近他，向他认错。它蜷缩到老人脚边，老人把一股绳索套在它的项圈上，老奥利弗总是牵着这个套索。

“野兽……大坏狗。”他边怒斥，边俯下身去。乔治只盯着猎犬，猎犬毛发丛生的腹部一收一鼓着，鼻孔周围有一团泡沫。乔治突然大哭起来。

老奥利弗直起身来，青筋突出，脸颊通红，他生气了。他拿报纸玩的小游戏居然没起作用，这是个爱哭的孩子。他对自己的观点点头称是，然后继续闲逛。他抚平那张弄皱了的报纸，试图从专栏里找到自己关注的消息，一边嘴里还咕哝着“一个爱哭的孩子——一个爱哭的孩子”。但是风把报纸吹乱了，透过报纸边缘他仔细看了看眼前的风景——流动的田野、空旷的荒地和茂密的树林，套上相框就能成为一幅画。若他是画家，他会把画架固定在此，此处的乡村风景在树林的环绕之下,如画般美丽。然后风停了。

“达拉第[①]先生，”他找到专栏里感兴趣的内容读了起来，“成功地限制了法郎……”

贾尔斯·奥利弗太太在梳理她浓密且凌乱的头发，虽然她非常关注发型，但她还从没有烫过卷发或剪过短发。她取下刻有大量凸印的银质梳子，那是个结婚礼物，曾给旅馆客房的女服务员们留下深刻的印象。她取下梳子，站在三层的折叠镜前，这样可以从三个角度看到自己有点忧郁但是美丽的脸庞,而且镜子之外,她还能瞥见一小片露台、草坪和树尖。

---

① 达拉第（1884—1970），法国政治家、曾任法国总理（1938—1940）。

在镜子里，在她的眼睛里，她看到了昨晚那个饱经沧桑、沉默寡言、浪漫多情的乡绅农场主给她的感受。在她眼里“那是爱”，但是镜子以外，在脸盆架上、梳妆台上、在银质盒子之间和牙刷之间，是另一种爱，那是对她做股票经纪人的丈夫的爱——“我孩子的父亲”，她补充道。她又轻易地陷入小说故事的陈词滥调里了，内心的爱在眼睛里，外在的爱在梳妆台上。但是从镜子里她看到外面的婴儿车穿过草坪，有两个保姆跟着，而她的小乔治却落在后面了，这在她心里又激起了怎样的感受？

她用凸印花纹的梳子轻轻敲打窗户，但他们离得太远听不到。他们耳朵里全是树上的嗡嗡声、鸟儿的叽喳声，以及发生在花园里的其他事情，虽然卧室里的她听不到也看不到，但那些足以让他们全神贯注。如同隔离在一个绿色的岛上，周围环绕着雪莲花，上面铺着一床起皱的丝绸罩。那个天真纯洁的小岛就漂浮在她的窗户下。只是乔治落在后头了。

她又看到镜子里自己的双眼，她肯定是“恋爱了”，因为昨晚在那间屋里他的存在竟可如此这般地影响到她。因为他给她递杯子和网球拍时说过的话都可以如此这般在她心里占据一席之地，而且它们形成了一根丝线，联结着他俩，叮咚叮咚，纠缠着加速的心跳——她在镜子的深处搜索着，搜索一个词来描述有一次黎明时分，在克里登机场看到飞机螺旋桨永无止境地快速转动的情形。嗖嗖的呼啸声、嗡嗡声，螺旋桨越转越快、越转越快，直到所有的螺旋叶片都变成了一整片，飞机快速升空飞走了，飞得远远的……

“飞去哪儿了？我们不知道，我们不追随，不知道也不在意。”她低声哼着。“飞翔，穿越周围的环境、炽热的阳光、夏日寂静的空气……”

句中的韵律是“air[①]”。她放下梳子，拿起电话。

“三，四，八，派克姆商店。”她说。

“是奥利弗太太吗？……您今天早上预订什么鱼？鳕鱼、大比目鱼、鳎鱼，还是欧鲽？”

“和他们的生意要做不下去了。”她低声抱怨。“鳎鱼，切片，午餐的时候吃。”她大声说道。“像一根羽毛，蓝色

① 意为空气，英语发音同第一句“care”的第二个音节，即在意。

的羽毛……越飞越高，穿过空气……和他们的生意要做不下去了……”这些话都不值得记录在她的笔记本里，为了不让贾尔斯生疑，她特意把它装订成账簿的样式。“真失败！”能表达她此刻的想法。比如说，她从没有在商店买到过一件她特别喜欢的衣服，黑色裤料衬着橱窗映照出来的身材并不能让她满意。腰肥、腿粗，除头发还符合现代流行的风尚外，她没有一点萨福[1]的美艳，也比不上任何一个在周报上刊登的漂亮年轻人。她看起来就是她：理查德爵士的女儿、温布尔登两位老年女勋爵的侄女。作为奥尼尔家族的一员，她们俩非常自豪自己是爱尔兰国王的后代。

一位可笑、谄媚的女士曾驻足在书房的门槛边，称书房是“这栋宅子的心脏”。她还说：“除了厨房，书房一直是这栋宅子里最好的房间。”跨过门槛时，她又补充说，“书籍是灵魂的镜子。”

① 萨福，古希腊著名的女抒情诗人。

而这里要说的是一个被玷污了的灵魂。火车要开三个多小时才能到达这个地处英格兰深处的偏远乡村，这么长的旅途没有人敢不从书报摊上买本书，以应对可能出现的精神饥渴。因此那面反映出灵魂崇高的镜子同样也反映出灵魂的无趣。看到被周末旅行者们丢弃的、乱成一团的、廉价的惊险小说，无人能假装镜子里反映出来的都是女王的痛苦和哈利国王的英雄事迹。

这是一个六月的清晨，书房里空无一人。贾尔斯太太必须去厨房一趟，奥利弗先生仍在草坪上散步，而斯威森太太当然是在教堂。如气象专家预测的那样，柔和的微风抚弄着黄色的窗帘，灯光摇曳，影子也跟着跳动。火苗变得灰暗、微弱，黄褐相间的蝴蝶拍打着窗户下方的窗格。啪，啪，啪，一直重复拍打着，如果一直没有人进来，一直都没有、一直都没有的话，书本会发霉，火苗会熄灭，而黄褐相间的蝴蝶也会死在窗格上。

狂躁的阿富汗猎犬先出现，老人跟在它后面进来了。他读完了报纸，昏昏欲睡，所以他一下子坐躺到印花棉布罩着的椅子里，猎犬就躺在他脚边——那只阿富汗猎犬，鼻子搭在爪子上，身体趴在地板上，它看起来像条石雕的狗，像十字军的战犬，即使身处死亡之境也守护着主人安眠。但是主人并未死去，只是在做梦。朦朦胧胧中，他像从污点斑驳的镜子里看到了自己，一个带着头盔的年轻勇士，还有飞流而下的瀑布，但是没有水；山则像灰色的褶皱层，沙堆里有一圈肋骨，阳光下有一头被蛆虫侵食的小公牛，岩石的阴影里躲着野人，他手上拿着枪。梦境中他双手紧握着，而实际上他的手放在椅子臂上，手上青筋暴涨，这会儿里面流淌的却只是褐色的液体。

门开了。

“我有没有，”伊莎抱歉地说，“打扰到您？”

当然打扰到了——梦中的青葱岁月和印度都被毁了。这也是他的错，因为她一直坚持不懈地精心照顾着他，想让他活得更久。看着她在房间里闲散地踱步，他的确很感激她还在坚持这么做。

很多老人心里只有他们的印度——如俱乐部的老人、住杰明街以外地区的老人。穿条纹裙的她延续着他家的命脉，在书架前喃喃低语：“黑色的旷野浸润在月光里，流转的云朵吸收了最后一束灰白的光线……我预订了鱼。”她转身大声说道，“但是不能保证是否新鲜，小牛肉很贵，但是家里每个人都厌烦了牛肉和羊肉……苏赫拉布，”她突然在他们面前停下脚步，“它在干什么呢？”

它从来不摇尾巴，也从来不承认各种家庭关系，要么畏缩不前，要么就张口咬人。这会儿它凶猛的黄色眼睛一会注视着她，一会又注视着他，瞪得他俩都无力招架。然后奥利弗记起什么来了：

“你儿子是个爱哭的孩子。”他轻蔑地说。

“哦。”她叹了口气，像一只系绳的气球，被无数细如毛发的家庭关系固定在椅臂上。“发生什么事了？”

“我拿报纸，”他解释道，“所以……”

他拿报纸折成鸟喙的形状放在鼻子上方。“所以”他突然从树后跳出来扑向孩子。

“然后他就哇哇大哭，你的孩子是个胆小鬼。”

她皱了下眉头，他不是胆小鬼，她的孩子不是。她讨厌家务，讨厌占有欲，讨厌作为母亲的职责。他知道这一点，所以故意捉弄她，这个残忍的老家伙。

她把目光转向别处。

“书房一直是这栋宅子里最好的房间。”她引述说，眼睛顺着书籍转动。书籍是“灵魂的镜子”，《仙后》[1]和金莱克的《克里米亚》[2]，济慈和《克鲁采奏鸣曲》[3]，那些书都在这儿，映照着人的灵魂。什么？在她这个年纪又能从书中觅得什么良方呢？她已经三十九岁了，与这个世纪同龄。和其他同时代的人一样她不喜欢书，也不喜欢枪。然而就像一个人牙疼时去药店，在一堆贴镀金标签纸的绿色瓶子中寻找，期盼其中一只瓶子里可能是治牙疼的药。她想着，济慈和雪莱，叶芝和多恩，可能不是一首诗，而是一种生活；加里波第[4]的平生、帕默斯顿[5]勋爵的平生，可能不是某个人的平生，而是一个国家的生存发展。《达勒姆名胜古迹》《诺丁汉考古学会记录》，

---

① 《仙后》是英国诗人埃德曼·斯宾塞（1552—1599）于1590年出版的史诗。

② 金莱克（1809—1891），英国旅行作家、历史学家。《克里米亚》是一本关于克里米亚战争的历史著作。

③ 《克鲁采奏鸣曲》是俄罗斯作家列夫·托尔斯泰的经典小说之一。

④ 加里波第（1807—1882），意大利爱国志士及军人。他献身于意大利统一运动，是意大利建国三杰之一。

⑤ 帕默斯顿（1784—1865），英国政治家，曾任首相（1855—1865）。

或许根本不是一种历史，而是科学——像爱丁顿[①]、达尔文，或金斯[②]。

它们谁也没能治愈她的牙疼，对她这一代人来说报纸就是书，于是，她公公放下《泰晤士报》后，她便拿起来读："一匹长着绿色尾巴的马……"真是难以置信，接下来，"白厅护卫队……"真浪漫，然后她一字一句地读下去，"士兵们告诉她那匹马有绿色的尾巴，但她发现那仅是一匹普通的马。然后他们将她拖到军营，扔到床上。一个士兵脱去了她的部分衣服，她大声尖叫，对着他的脸一阵乱打……"

那是真的，如此真实以至于她仿佛在红木门的嵌板上看到了白厅的拱门，穿过拱门就是军营，军营里的那张床，床上那个女孩在大声尖叫，击打士兵的脸，然后门（事实上就是门）开了，斯威森太太手持锤子进来了。

她侧身小心翼翼地往前走着，仿佛她破旧的花园鞋下

① 爱丁顿（1882—1944），英国天文学家、物理学家、数学家，是第一个用英语宣讲相对论的科学家。
② 金斯（1877—1946），英国天文学家、数学家、物理学家。

的地板是湿的，她一边往前走，一边侧身冲她哥哥噘嘴一笑。她走到角落的橱柜边，把锤子归还原处（她没经同意就把锤子拿走了），同时松开握着的拳头，手里是一把钉子。这会儿工夫他俩一句话也没说。

“辛迪——辛迪。”哥哥低声吼道，而她正在关橱柜门。

露西是他妹妹，比他小三岁，辛迪或辛蒂这个名字，怎么拼写都可以，是露西的小名。他们还是孩子的时候他就叫她这个名字，那时候她屁颠屁颠地跟在他身后去钓鱼，采草地上的野花，用长长的草梗在花上绕了一圈又一圈，把它们绑成一个紧紧的小花束。她记得哥哥曾让她自己取下鱼钩上的鱼，看到有血她震惊了——“天啊！”她大叫——鱼鳃里全是血。他便低声咆哮：“辛迪！”她把锤子放回原本的架子上，钉子放回另一个架子上，而正要关柜门的时候，她看到哥哥的渔具仍在橱柜里，哥哥还是对钓鱼情有独钟啊，于是上述草地上的情形一直在她脑海里萦绕。

“我在谷仓上钉了个标语牌。”她说着，在他肩上轻轻地拍了一下。

这些话就像是一套编钟的第一声鸣响，第一声响过就会听到第二声，第二声响过你会听到第三声。所以当伊莎听到斯威森太太说“我在谷仓上钉了个标语牌”时，就知道她接下来会说：

“为露天表演准备的。”

而他会说：

“今天吗？天啊！我都忘了！”

“如果天气好，”斯威森太太继续说，“他们会在露台上表演……”

“如果下雨，”巴塞罗缪接着说，“就在谷仓里表演。”

“天气会怎么样呢？”斯威森太太继续说，“是晴是雨？”

然后，他俩连续第七次往窗外看去。

每个夏天，到现在已经连续七个夏天了，伊莎都会听到同样的对话，关于锤子和钉子，关于露天表演和天气。每年他们都说天气是晴是雨呢，而每一年都——非此即彼。同一声鸣响紧接着另一声相同的鸣响，只是今年在鸣响之外她还听到：“那个女孩大声尖叫，用锤子捶打他的脸。”

“天气预报说，”奥利弗先生边说边翻动报纸，找到天气预报那一段，“风向不定，温度适宜，时而有雨。”

他放下报纸，他们都看着天空，看它是否符合气象学家的说法。天气确实是变化不定的，花园里一会儿是绿色的，过一会儿又是灰色的。这会儿太阳出来了——带来一阵无限的狂喜，阳光拥抱着每一朵花儿、每一片树叶。过了一会儿太阳又带着怜悯之心隐退了，掩着脸，仿佛对人类的痛苦再也看不下去了。天上的云层时而厚时而薄，飘忽不定，既不整齐也毫无秩序。它们都遵循自己的法则吗？还是不遵循任何法则？有的云像一束束白发，有一片云飘得很高、很远，凝固成了金色的条纹大理石，像是由永恒之石构成的。云层之外是一片蓝色，纯净的蓝色、墨蓝色、从不会透过云层降落到地面的蓝色、人们从没见过的蓝色。它从不会像阳光、影子或雨水一样在世间降落，它完全忽视这个小小的、彩色地球的存在。没有花儿感受过这片蓝色，也没有哪片田地和花园感受过它。

斯威森太太看着天空的目光凝固了。伊莎觉得她眼睛一动不动是因为她在那儿看到了上帝，上帝坐在他的宝座上。但是接下来随着一片阴影笼罩花园，斯威森太太回过神来，收回眼神说：

“很难确定，我觉得可能会下雨，我们只能祈祷了。”她还用手抚摸了一下她的十字架。

“并且准备好雨伞。”她哥哥说。

露西脸红了，他攻击了她的信仰，她说“祈祷”的时候，他居然说“雨伞”。她用手指半掩着十字架，她害怕了，哆嗦了，但是下一刻她又大声呼喊：

“他们在那里——小可爱们！”

婴儿车从草坪经过。

伊莎也看了过去。她真是个天使——这个老太太如此亲切地称呼孩子们。她瘦削的双手，笑盈盈的双眼，反抗着那些庞然大物和老人的无礼！她多有勇气啊，与巴特和天气抗争！

“他长得真快。”斯威森太太说。

“他们的成长速度是很惊人。”伊莎说。

“他吃早餐了吗？”斯威森太太问道。

“一点儿不剩。”伊莎回答说。

“小宝贝呢？没有出麻疹的迹象吧？”

伊莎摇摇头。“摸摸木头[①]。”她又说道，并轻轻地拍了拍桌子。

“你说说，巴特，”斯威森太太转向她哥哥说，“这个起源是什么？摸摸木头……是安泰俄斯[②]吗？他不是要接触大地吗？”

他想，如果她可以改掉那个老是凝视发呆的毛病，她本可以是个很聪明的女人，但是这个毛病导致了一些问题，这些问题又引出了其他问题。什么事都从她这只耳朵进去，又从她另外一只耳朵出来了。这种情况七十岁之后经常发生——大家都被一个循环往复的问题环绕着，而她的问题就是她应该住在肯辛顿，还是住在克佑区？但是每年冬天来临的时候，她哪儿也不去，就寄居在黑斯廷斯。

“摸摸木头，接触大地，安泰俄斯。”他嘀咕着，把零散的信息串起来。《伦普里尔词典》可以解答这个问题，

---

① 这是习俗，在说了什么不吉利的话或者听到什么不吉利的话之后，就摸摸木制品并且念叨“摸摸木头”来乞求厄运不要降临。

② 安泰俄斯是古希腊神话中的巨人，他力大无穷，只要保持与大地的接触就不可战胜。

或者《百科全书》也可以。但是他的问题书上却没有答案——为什么在和他的头长得如此相像的露西的脑海里，存在着一个可以祈祷的对象？他想她应该没有向祈祷对象奉上头发、牙齿或脚趾头什么的。他觉得那可能更像是一股力量或一种光芒，控制着鸫鸟和蠕虫，郁金香和猎狗，还有他这个血管肿胀的老人。这股力量让她在寒冷的早上从床上爬起来，穿过泥泞小路去祈祷，斯特里特菲尔德是它的喉舌。虽然斯特里特菲尔德会在教堂的法衣室里抽雪茄，但他是个好人。他只是需要一些慰藉，才能给患哮喘的老年人布道，并不断修缮那摇摇欲坠的教堂尖塔，就像不断往谷仓上钉标语牌一样。奥利弗心想，他们把应该给亲人的爱奉献给了教堂……而露西此时则用手指敲着桌子说：

“那句话的来源——来源——是什么呢？”

“是迷信。”他回答。

她的脸红了，她连自己吸气的声音都能听见，因为他再一次攻击了她的信仰。但是，兄妹之间的血缘关系不是障碍，而是一层薄雾，什么也改变不了他们的感情，争论不会，真相不会，事实也不会。她看到的他看不到，他看到的她也看不到——就这样，永无止境。

“辛迪。”他低声吼道。争论就此结束。

露西钉标语牌的那个谷仓是农场的大型建筑，与教堂一样年代久远，用同样的石头建成，只是谷仓上没有尖塔。它的底部四角都建在灰色的锥形石头上，可以防鼠防潮。去过希腊的人总说谷仓让他们想到一座神殿，大部分从没去过希腊的人同样对它交口称赞。谷仓顶部因风吹雨打已经变成了橘红色，仓里是一个空旷的厅堂，阳光照进来，呈棕色，谷仓里散发着玉米的味道。关上门时里面很黑，但把另一头的门敞开时，里面便被照得十分敞亮——他们就这样让马车进来，长长的马车像在海上航行的船只，在玉米地而不是海上乘风破浪。傍晚时分归来的车上满是乱蓬蓬的干草，马车经过的车道都会留下一撮。

长凳子都摆放到了谷仓的地板上，倘若下雨，演员们将在谷仓里表演，谷仓的一头已经有人用支架搭起了一个舞台。不论下雨或天晴，观众们都将在这儿用茶点。年轻的男孩女孩们——吉米、艾丽思、大卫、杰西卡——现在就忙着用国王加冕礼庆祝活动上剩下的红色和白色的纸玫瑰编织花环。种子和麻布袋上的灰尘让他们打起了喷嚏。艾丽思额头上绑着一块手绢，杰西卡身着马裤，而男孩们都戴着袖套工作，白色的灰尘沾到了他们的头发上，一不小心就会有木头碎片刺进手指里。

“老福林西[①]”又在往谷仓上钉标语牌，第一块已经被风吹掉了，要不就是村里的傻子干的，他老是拆毁钉好的东西，他现在或许正躲在某个障碍物后面因标语牌的事而暗自发笑呢。工人们也在笑，仿佛斯威森太太走过后留下了一阵笑声。这个老太太有一小撮白发在随风飘动，她穿着圆头鞋，像金丝雀蜷成一团的爪子，黑色的长筒袜在脚踝处皱成一团，这自然使得大卫向杰西卡使了个眼色，而对方在递给他一串纸玫瑰时，也回了他一个眼色。他们都是势利眼，在世界的这个角落待了很长时间了，三百多年来的习惯做法已经根深蒂固，改变不了。所以他们笑了，

① 斯威森太太的绰号，英文“Old Flimsy”的音译，有年老脆弱的意思。

但还是表示了尊敬，因为她戴的是珍珠，那可是珍珠啊。

“老福林西忙里忙外。”大卫说。她会进进出出二十次，最后给他们带来一大壶柠檬水和一盘三明治。杰西卡拿着花环，大卫把花环钉好。一只迷路的母鸡走了进来，一群奶牛经过门口，后面跟着一条牧羊犬，最后是牧场主邦德，他停住了脚步。

他注视着年轻人把纸玫瑰花挂在一个个椽子上，他看不起任何人，不论是身份卑微者还是贵族。他默不出声、面带嘲讽地倚靠在门上，像一棵枯萎的柳树，枝条拂过溪面，所有叶子都已落尽，而他的眼里莫名地闪烁着泪花。

“嗨——哈！”他突然叫道。这大概是奶牛的语言，因为那头以头撞门，欲强行闯入的杂色奶牛低下犄角，摆动着尾巴，漫步离开了。邦德跟在它身后走了。

“那是个问题。”斯威森太太说。奥利弗先生在查阅《百科全书》，他在“迷信”的词条下寻找是否有“摸摸木头”这个表达的起源，而这时候斯威森太太和伊莎在讨论鱼的问题：从远处送过来的鱼是否还会新鲜？

他们离海边很远。有一百英里远，斯威森太太说，不是，或许是一百五十英里。“但他们确实说，”她继续道，“在宁静的夜晚可以听到海浪的声音，他们说暴风雨过后，可以听到海浪破碎的声音……我喜欢那个故事。”她陷入沉思，“夜半听到海浪的声音，他跨上马鞍向海边奔去。巴特，是谁，谁骑马去海边了？”

他还在查阅《百科全书》。

“别期望他们会用桶装着水养着鱼送上门来，”斯威森太太说，“不像记忆中我们还是孩子的时候，那会儿我们住在海边的房子里，龙虾是直接从捕虾笼里捞出来的新鲜货，它们会使劲钳着厨师拿来逗它们的棍子！至于鲑鱼，你能知道它们是否新鲜，因为新鲜的鲑鱼鱼鳞里有虱子。”

巴塞罗缪点点头，那是事实。他记得，海边的房子、龙虾。

他们的渔网里装满了从海边捕捞回来的鱼。而伊莎看的却是——花园。如天气预报所说，花园在柔和的微风中变幻着色彩。孩子们又一次从眼前经过，她敲了敲窗户给了他们一个飞吻，但是在花园的嗡嗡声中他们并没有注意到她的举动。

“我们真的离海边一百多英里吗？”她转过身说。

“只有三十五英里。”她的公公说，好像他从口袋里抽出卷尺精确地测量过似的。

“看起来好像更远。”伊莎说，“从草坪看过去，陆地好像一直延伸到很远很远的地方。”

“曾经没有海，”斯威森太太说，“我们和欧洲大陆之间之前根本没有海，我今早从一本书上看到这个说法。那时斯特兰德盛开着杜鹃花，而皮卡迪利广场一带有猛犸象出没。”

“那时我们都是野蛮人。”伊莎说。

然后她记起来，她的牙医告诉过她野蛮人能够很熟练地进行脑部手术，他说野蛮人有假牙，他好像还说在法老时代就发明假牙了。

“至少我的牙医是这么跟我说的。”她最后说道。

“你现在看的是哪个牙医？”斯威森太太问她。

“还是那对老夫妻，斯隆街的巴蒂和贝茨。”

“是巴蒂先生告诉你法老时代就有假牙的吗？”斯威

森太太若有所思地说。

“巴蒂？哦，不是巴蒂，是贝茨。”伊莎纠正道。

她记得巴蒂只谈论皇室的话题。她告诉斯威森太太，巴蒂有个病人是公主。

“所以他让我等了超过一个小时的时间。要知道对孩子而言，这段时间是多么漫长啊。”

“表兄妹结婚对牙齿不好。”斯威森太太说。

巴特将手指伸进嘴里把上排的牙齿取了出来，那是假牙。但是奥利弗家族没有表亲通婚的事，他说。奥利弗家族的血统也不过两三百年，但斯威森家族不止，他们在征服者到来之前就存在了。

“斯威森家族。”斯威森太太说，但她欲言又止。一有机会，巴特又会开一个与圣人有关的玩笑。她已经被开过两次玩笑了：一次是关于雨伞，另一次是关于迷信。

所以她转换了话题，“我们是怎么开始本次谈话的？”她掰着手指数了数。“法老、牙医、鱼……噢，对了，伊莎你说你订了鱼，但是担心鱼不新鲜，而我说‘那是个问题……’”

鱼已经送过来了。米切尔的儿子跳下摩托车，鱼就挂在他的臂弯里。他没有时间在厨房门口喂小马驹糖块了，也没时间闲聊了，因为他的活增多了。他得把货送到山那边的比克利村，还得绕道去威瑟恩、罗丹和派敏斯特等地，这些地名和他的名字一样，都出现在《末日审判书》[1]里。但是被人称为桑兹太太的厨师（老朋友称她特里克茜），在她五十年的人生里从未去过山那边，也从未想过要去山的另一边。

他把这些切成片的半透明无骨鳎鱼轻放在厨房的桌子上。桑兹太太还没来得及把包装纸剥掉他就不见了，临走时他拍了一下那只漂亮的黄猫，黄猫从柳条椅上庄严地站起来，雄赳赳地朝着桌子走去，绕着鱼片打转。

是不是有点臭了？桑兹太太把鱼片拿到鼻前闻了一下。

---

① 《末日审判书》的正式名称应是《土地赋税调查书》或《温彻斯特书》，是英格兰国王威廉一世下令编制的关于英格兰土地调查的书籍。

猫儿用身子磨蹭着桌腿和她的双腿，她会为猫儿桑尼留上一片——它在客厅的名字叫桑彦，到了厨房就变成了桑尼。她把鱼拿到食品储藏室（那儿曾经是半个礼拜堂），摆放在里边的一个碟子上，黄猫一直跟着。在英国宗教改革之前，这座房子和附近的很多房子一样有一间小礼拜堂，礼拜堂随着宗教的变革发生了变化，变成了食品储藏室，就像黄猫的名字变了一样。主人（这也是他在客厅的名字，在厨房人们叫他巴迪）有时会带一些绅士派头的人来参观储藏室，经常是在厨师没正式着装的时候。他们不是来看挂钩上挂着的火腿，或者蓝色石板上的黄油，或者是第二天晚上要用的羊腿肉的，而是来看储藏室里的酒窖和它的雕花拱门。如果随行的人中有人刚好有锤子，轻轻地敲击拱门，会听到一声空旷的声响和回音。他说，毫无疑问，这儿隐藏着一条通道，曾有人在此藏身。可能是吧，但是桑兹太太希望他们不要来她的厨房，当着女孩们的面讲这些故事，这会让她们产生一些愚蠢的想法，她们听到过死人滚动水桶的声音，看见过白衣女人在树下行走。天黑后没人敢穿过草坪了，即使是猫儿发出声音，她们也会说“有鬼！”。

桑尼吃了一点点鱼片。桑兹太太从一个装满鸡蛋的棕色篮子里拿出一个鸡蛋，有些鸡蛋的蛋壳上还粘着黄色的绒毛；随后她和了一些面粉涂在半透明的鱼片上，又从装满面包皮的陶罐里拿了一块面包皮出来。然后她回到厨房，在炉子前迅速忙碌起来，她先把煤渣耙成块状，添到炉子里，再让火势渐渐减弱，整栋宅子都回荡着奇怪的回声，所以书房、客厅、餐厅和育儿室里的人不论在做什么，不论在想什么或说什么，他们知道，他们都知道，早餐、午餐或晚餐快要开始了。

斯威森太太来到厨房说："三明治……"她克制住自己没在"三明治"前加"桑兹"，因为"桑"和"三"发音相似。她母亲以前经常说："千万不要拿人的名字开玩笑。""特里克茜"这个名字就不如桑兹合适，这个瘦削、刻薄的女人，留着红色的头发，机敏整洁，她做饭时从不会仓促了事，这一点是真的，她也从不会把发夹掉进汤里。"我的神啊！"十五年前，巴特用勺子捞起一个发夹时就发出过这样的感慨，那是在桑兹到来之前，还是杰西·普克在他们家做厨师的时代。

桑兹太太取出面包，斯威森太太拿来火腿。一个人切面包，另一个人切火腿，一起干活的场面很和谐。厨师的手在切、切、切，而露西则一手拿面包，另一只手举起餐刀。为什么陈面包比新鲜的面包更容易切呢？她若有所思起来，思绪不经意地从酵母跳到酒精，跳到发酵，跳到醉酒，跳到酒神巴克斯，跳到自己经常醉躺在意大利葡萄园的紫色灯光之下的场景。而桑兹太太听到了滴答的钟声，看到了馋嘴的黄猫，注意到一只苍蝇嗡嗡飞过，而且从她嘴唇的动作看得出一种愠怒，当其他人在谷仓挂纸玫瑰玩得不亦乐乎的时候，她不应该对在厨房干活的人说出她的不满。

“天气会晴朗吗？”斯威森太太问道，她把手中的餐刀放下，暂停工作。厨房里的每个人都会迁就老斯威森太太的突发奇想。

“看起来会的。”桑兹太太说，她留心观望了一下厨房窗外的天气。

“应该不是去年，你还记得那一年突然下起雨的时候我们手忙脚乱地收拾椅子吗？”说完，斯威森太太又开始切面包了。然后她又问起桑兹太太的侄子比利，他在屠夫那里当学徒。

桑兹太太说：“男孩子们不应该在师傅面前表现得那么大胆无礼。”

“没事儿的。”斯威森太太说。一半是说她侄子，一半是说三明治，她手上正好是切得很整齐的三角形三明治。

“贾尔斯先生可能会迟到。”她补充说，然后心满意足地把手中的三明治放在其他三明治之上。

伊莎的丈夫，那个股票经纪人将从伦敦回来。而当地与特快列车接轨的火车绝不会准点到站，即使他坐早班车也没有办法确保准点回来。这就意味着——这对桑兹太太意味着什么呢？当有人错过列车的时候，不管她想做什么，她都必须等着，在烤箱前等着，让肉类保持温热，但是没有人知道这些。

“对了！”斯威森太太打量着三明治，有的很整齐，有的不那么整齐，说：“我可以把它们带去谷仓。”至于柠檬水，她坚信厨房侍女简会准备。

坎迪什待在餐厅，正在挪动餐桌上的一枝黄玫瑰，黄色、白色、紫红色——他在摆放这些鲜花。他很喜欢花儿，喜欢插花，把绿色的荆棘和心形的叶子插入花间，恰到好处。考虑到他既赌博又酗酒，很奇怪他居然会爱花。黄玫瑰插好了，这会儿一切安排妥当——银色和白色，刀叉和餐巾，而中间是一瓶色彩斑斓的玫瑰花。于是，他最后再看了一眼花，离开了餐厅。

窗户对面的墙上挂着两幅画像，而事实上画上这位身材修长的女士和这位手握缰绳牵着马匹的男士从来没有见过面。女士画像是因为奥利弗喜欢而买下的，男士则是一位祖先，挺有名气的。他手持缰绳，曾对画师说：

“该死，先生，如果你想要画我，趁树上有叶子的时候画吧。”树上正好有叶子，他又说：“还有空间画科林和巴斯特吗？”科林是他那条很有名的猎犬，但是只有空间画巴斯特了，于是他似乎是在对入画的同伴而不是对画师说，真遗憾不能把科林带上。这事发生在大约 1750 年，他还希望把科林葬在自己的墓里，让它躺在自己脚边，但是那个可恶的不知道叫什么名字的牧师不允许他这么做。

那位祖先就是一个话匣子，而那位女士则美丽如画，她身着黄色礼服，身体斜靠在柱子上，手持一支银箭，头发上别着一根羽毛，她引得人上下打量，从弯道到直路，透过草木茂盛的林地和银色、灰褐色的阴影，最后陷入深深的寂静。房间里空无一人。

房间里没人，空无一人，空空如也。沉默、无声、寂静，房间如一具空壳，独自吟唱曾经的混沌。房子中间有个花瓶，雪白透亮，光滑冰冷，忍受着寂寥，承载着净化过的空虚和沉静。

走廊对面的一扇门打开了。一个人的声音，又一个人的声音，再一个人的声音，激起一阵阵涟漪和颤动：巴特的声音——粗哑，露西的声音——颤抖，伊莎的声音——音调适中。他们的声音着急、焦躁、满是抗议，一个说“火车晚点了”；另一个说“把晚餐热着”；还有一个说“不，坎迪什，我们不会，我们不会等”。

这些声音从书房里传出来，到了大厅戛然而止。很明显它们遇到了障碍：一块岩石。即使地处乡村深处也完全不可能独处，是吗？这是让他们吃惊的地方。震惊过后，他们对来客表示欢迎。痛苦也是必要的，必须有社交活动。所以他们从书房走出来，迎面撞见曼雷萨太太和一个不知名的长着淡黄色头发、脸部扭曲的年轻男人，这是件让人痛苦却又愉快的事情，不能逃避，见面已无可避免。没受邀请，意料之外的不速之客，在本能的驱使之下开车下了公路来到他们面前套近乎，像极了绵羊和奶牛渴望彼此亲近的那种本能。但是他们带了午餐篮子，就这么来了。

“看到指示牌上的名字时我们实在是没忍住。”曼雷萨太太用她深邃柔美的声音说道，“这是我的一位朋友，威廉·道奇，我们本打算独自去田野用餐。然后看到指示牌，我便建议‘为什么不让我们亲爱的朋友为我们提供容身之所呢？’我们所需要的只是餐桌旁的两个座位。我们自带了食物和杯子，我们不需要别的，除了……”很明显她需要的是陪伴，需要和与她同类的人在一起。

她冲老奥利弗先生挥了挥手，她手上戴着手套，手指上看起来戴着好几枚戒指。

老奥利弗先生冲她深深地鞠了个躬，换做是一个世纪以前他可能会亲吻这只手。在这一阵阵欢迎、抗拒、道歉，然后再欢迎的声音中，夹杂着一丝沉默，来自伊莎贝拉的沉默，她观察着这位不认识的年轻人。他当然是位绅士，他的袜子和长裤就是证明；他看上去很聪明——打着领带，马甲敞开着；他是个城里人，是个专业人士，但是脸色油灰，看上去不太健康；他表现得很紧张，面对这突然的介绍还抽搐了一下，但从本质上来说他又是一个自负得令人憎恨的家伙，因为他作为曼雷萨太太的客人，居然看不起她的过分热情。

伊莎既觉得反感，又觉得好奇。但是当曼雷萨太太为了使一切看起来合乎情理而补充说“他是一位艺术家”时，威廉·道奇却更正说：“我是一个办公室职员。”（曼雷萨以为他当初说的是教育部或萨默赛特宫[1]的工作人员）这时候曼雷萨太太注意到他脸上扭曲的疙瘩，疙瘩紧紧贴在

① 萨默塞特宫在15世纪时是一座巨大的都铎王朝的宫殿，到18世纪时是英国一些重要团体组织的总部。

他脸上，几乎到了使他眼睛眯缝、脸部抽搐的程度。

然后他们进餐厅吃午餐，曼雷萨太太为自己克服困难的能力洋洋得意，她轻而易举地就解决了这个小小的社交危机——争取到餐桌上的两个额外位置。难道她对血肉之躯没有十足的信心吗？我们不都是血肉之躯吗？小题大做多么愚蠢啊，因为在皮囊之下我们都是血肉之躯而已——不管男人女人都一样！但是很显然她更喜欢男人。

“你的戒指有何用处，你的指甲和那顶很讨人喜欢的小草帽有何用处？”伊莎贝拉在心里默默地把问题指向曼雷萨太太，从而使沉默也明显对谈话做出了贡献。她的帽子、戒指和她那光滑如玉的玫瑰花色指甲都是供人观赏的，但是她的来历却不为人知。他们对她的生活都只有一些零碎的认知，可能威廉·道奇除外，因为她公然叫他“比尔”——这似乎说明他比别人知道更多她的生活。有些事情他的确知道，比如说她会在深更半夜穿着丝质睡衣在花园里散步，打开扬声器播放爵士乐，喝着鸡尾酒，然而他们也知道这些。但却不知道她的任何隐私，也不知道她任何严格意义上的生平事迹。

只听到传闻说她出生于塔斯马尼亚岛[1]，她祖父因为某件维多利亚中期的欺诈丑闻被发配至此，是腐败渎职吗？但是伊莎贝拉第一次听这个故事时听到“发配”后就没有下文了，因为讲故事的女士（来自格兰奇的布兰科太太）的丈夫学究式地反对她的说法，说不是“发配”，而应该说“放逐”，但是“放逐”也不是他话到嘴边却又想不起来的那个词语，所以故事就这样不了了之了。有时候她会提到一个当主教的叔叔，但也就是殖民地的主教而已，而殖民地的人们擅长忘却和原谅。据说她的钻石和红宝石都是她的“某个丈夫”（不是拉尔夫·曼雷萨）亲手从地下挖出来的。拉尔夫是犹太人，穿着打扮像极了一个拥有地产的贵族，他也的确通过管理伦敦市商业公会获得了大量收入，他们没有孩子。当然随着乔治六世即位，窥探和打听别人的过往已经成了一种老式的、过时的、沉迷琐碎旧事的行为，不再被人追捧。

“我想要一个开瓶器。”曼雷萨太太边说，边朝坎迪

① 塔斯马尼亚岛也是塔斯马尼亚州所在地，它是澳大利亚联邦唯一的岛州。

什抛了个媚眼，把他当作一个真正的男人而不是玩偶。她有一瓶香槟，但是没有开瓶器。

“看那些画像，比尔。”她继续说道，一边竖起大拇指启开瓶塞。“我是不是跟你说过你会大饱眼福？”

她的动作甚至使她整个人都显得很粗俗，对于野餐而言，她的打扮过分性感。然而这是多么值得拥有，至少是有价值的特征啊。因为每个人都从她的话中直接感受到“她那样说过，她那样做过，而不是我”，每个人都能从她违反礼仪的行为中感受到一股新鲜空气，像跟在破冰船后跳跃的海豚一样受到她的影响。难道她没有让老巴塞罗缪回想起产香料的群岛和他年轻的时光吗？

她这会儿向巴特抛媚眼，继续说：“我跟他说看了你们所拥有的财物之后他就不会对我们的东西（事实上他们的财物都堆成山了）感兴趣了。我还向他承诺你会向他展示那个……那个……”此时她手上的香槟嘶嘶地冒了出来，她一定要先给巴特倒上一杯。“你们这些有学识的绅士们都在热情谈论的那个是什么？一个拱门？诺曼时期的？撒克逊时期的？你们当中谁最晚从学校毕业？贾尔斯太太？”

她开始挑逗伊莎贝拉，称赞她的年轻，但是当她向女人说话时，她总要遮掩着眼睛，因为作为同类，女人们总是能洞穿一切。

伴随着带给人们的一次次打击、伴随着香槟和媚眼，她清楚地表明自己就是大自然的野孩子，出其不意地出现在这个避风港湾。她得意地偷笑，这儿确实是继伦敦之后第二个能让她微笑的地方，然而它也确实能够挑战伦敦的地位。她继续向他们讲述她生活中的轶事，都是一些八卦，没有什么实际用处，但是她却赋予了它们价值。比如说上周二，她和谁、谁、谁坐在一起，之后还漫不经心地说出一个教名，然后是一个昵称，那个人说——因为她不是什么大人物，所以他们什么都对她说——“为了严守秘密，我不需要告诉你们。”她说。而他们都急切地竖起了耳朵。然后，她做出一个手势，好像要把那令人生厌的伦敦生活装在叮当作响的罐中扔进海里——于是——她大呼一声：“滚蛋吧！……我刚来这儿时做的第一件事情是什么呢？”他们昨天晚上才开车穿过六月路来到这里，不言而喻她是和比尔一起来的，一离开伦敦，她就突然变得放荡不羁、脏乱不堪了，直到最后坐下来吃晚餐。“我该怎么办？我可以大声说出来吗？斯威森太太，可以吗？是啊，在这栋宅子里，什么话都可以说。我做的第一件事就是解开胸衣。”（说到这儿她把双手放在腰的两侧，她是个身材肥胖的人）“在青草中打滚，打滚——你们相信吗……”她真心实意地笑了。她放弃关注身材因而获得了身心自由。

“这是真实的情感。”伊莎心想，非常真诚。曼雷萨太太对于乡村的喜爱也同样真实，通常当拉尔夫·曼雷萨不得不在城里待着的时候，她就会独自来这儿，戴一顶老式的花园帽，不是教乡村妇女们如何腌制咸菜，而是教她们如何用彩色的麦秆编织花哨的篮子，皆大欢喜的是她说的话都是她们想听的。如果你正好来拜访谁，可以经常听到她在蜀葵丛里唱约德尔歌[1]“霍依提—特—多依提—特—雷—多……”

她真是个十足的好人，她让老巴特感觉自己年轻了。他扶了扶眼镜，眼角瞥见花园里闪过一道白光，有人经过。

① 约德尔（Yodeling）是源自瑞士阿尔卑斯山区的一种特殊唱法、歌曲。它基本上是无歌词的，但却采用一些无意义的字音来演唱。如“依”和“哦”是最常用的。

原来是一个女帮厨，趁着碗碟还没有端出来，走到莲花池边用凉水洗脸。

池里一直都有莲花，是风儿吹落的种子自然生长起来的，绿色的叶子上漂浮着红色的、白色的花朵。几百年来，水带着泥沙流进池子，集聚在池底黑色的淤泥上，足有四五英尺那么深。在这一团绿色的深水下，鱼儿在以自我为中心的世界里目光呆滞，是一群金色的鱼，镶嵌着白色，还夹杂着丝丝黑色或银色。它们静静地在池水里游动，在天空映照的蓝色湖水里摆出各种姿势，或飞速游到池塘边缘，触摸池边的青草，颤动的青草因此形成了一片摆动的阴影。蜘蛛在水面上留下了精细的脚印；一颗谷粒掉下来了，旋转着沉入池底；一片花瓣落下来，浸润了水后也沉入池底了。这一群队列排得像船体一样的鱼儿停了下来，静止不动，它们整装待发，披胄带甲，然后随着水面的波动，闪电般地游走了。

就在水池的深水区，在它黑色的中心区，那位贵妇人投池自尽了。十年前，池塘得以疏浚，里面发现了一块大腿骨。唉，这是羊的大腿骨，不是女人的大腿骨。羊没有鬼魂，因为羊没有灵魂。但是仆人们坚持说肯定有鬼，而且肯定是个女鬼，她因为爱情而投水自尽。因此晚上没人会从莲花池边走过，只有这会儿阳光明媚，绅士们还在桌边进餐的时候才有人靠近它。

花瓣沉入水池，侍女回到厨房。巴塞罗缪抿了口红酒，他像个男孩一样兴高采烈，又像老人一样显得鲁莽，一种不同寻常却又令人愉快的感觉。他在脑子里搜索一些可以向这位可爱的女士说的话，于是他选择了能派上用场的第一件事情，也就是羊大腿骨的故事。他说："仆人们一定要说有鬼。"厨房女佣们坚信是投水的贵妇人的大腿骨。

"但是我很肯定！"大自然的野孩子曼雷萨太太大声说，她突然变得如猫头鹰一样严肃。她说，她知道，还捏了点面包来加强语气，拉尔夫参战时，在她没有看见他灵魂出窍的情况下他是不可能在战场丧生的——"不管我在哪儿，不论我在做什么。"她补充说，挥舞着双手，手上的钻石戒指在阳光下闪闪发光。

"我不能理解。"斯威森太太摇摇头说。

曼雷萨太太笑着说：“不，你不能理解，你们谁都不能理解。要知道我是和……”等到坎迪什退下了，她才继续说，“仆人们在一个层面上的，我不像你们那么成熟。”

她沾沾自喜，为自己仍保持的青春少女心。恰当还是不恰当呢？她心底的淤泥汩汩流出一股清泉，而他们早已把青春年少的心思封存在心底的大理石里。对他们来说，羊骨就只是羊骨，而不是厄明特鲁德夫人投水自尽的遗体。

“你又属于哪个阵营呢？成熟的人，还是未成熟的人？”巴塞罗缪转向那位不认识的客人。

伊莎贝拉张开了嘴，她希望道奇也会张嘴说话，她便可以借此评价一下他，但是他在发呆。“对不起，请再说一遍，先生？”他说。他们都看着他。“我在看这些画像。”

而画像没有看任何人，只是把他们带入了寂静的小路。

露西打破了沉默。

“曼雷萨太太，我想请您帮个忙——如若今天下午有必要的话，您愿意唱歌吗？”

今天下午？曼雷萨太太惊呆了。是露天表演吗？她从没想过会是在今天下午，要是他们知道今天下午有露天表演，他们绝不会贸然前来。当然，编钟的鸣响又来了，伊莎听到了第一声鸣响，然后是第二声，接下来是第三声——如果下雨，就在谷仓里举行；如果天气好就在露台举行。天气会怎么样呢，下雨还是天晴？他们都朝窗外望去。这时门开了，坎迪什说贾尔斯先生回来了，他一会儿就下来。

贾尔斯过来了。回来的时候，他看到门口那辆炫丽的镀银汽车，车身上扭曲的姓名首字母“R.M”从远处看起来像个皇冠。他推断家里来客人了，他把车停在那辆车的后面，然后先回房间换衣服。都是惯例作祟，就像在情绪的作用下，晕红或眼泪会涌上脸颊一样，汽车的存在触动了他受过的教养，他必须换衣服。他进到餐厅的时候看起来像个板球队队员，穿着法兰绒裤子和有蓝色铜纽扣的外套。尽管他义愤填膺，因为坐火车的时候他在晨报上读到就在海湾另一边，那片把他们与大陆隔开的平原地带，有十六人丧生，其他人都被俘了吗？但他还是换衣服了，露西姑姑在他进来的时候冲他挥手，正是因为露西姑姑他才换了衣服。在她面前，他出于本能地把不满和牢骚都宣泄出来，就像人们把衣服挂在挂钩上一样。露西姑姑，傻傻的，自由随性。自从他大学毕业以后选择在城里工作，她就总是对那些一辈子都在与野蛮人做买卖的人表示好奇和兴趣，他们买卖的是犁头、玻璃珠，还是股票和股份呢？他们不是赤身裸体就很漂亮吗？很奇怪他们居然渴望像英国人一样穿衣服和生活。她有一句轻率和恶意的评价困扰了他十年，那就是他没有什么特殊的才能，缺乏资金，而且狂热地爱着他的妻子——说到妻子，他冲餐桌对面的她点了点头。如果有选择，他会选择经营农场，但是他没有选择。所以一件事导致了另一件事，所有事情聚集到一起把你压扁了，像抓住水里的鱼一样紧紧地抓住你。所以他回家度周末，而且换了衣服。

“你们好！”他对在座的人说，并冲陌生的客人点头。他不喜欢这个人，于是自顾自吃他的鳎目鱼片。

他这种类型正好集合了曼雷萨太太喜欢的所有特质。头发卷曲，完全不像许多人松垮的下巴，他的下巴很紧实，鼻子虽然不长但却笔挺，当然还有眼睛，那头卷发搭配下的蓝色双眼，而他表情里的那股猛劲和野性使得他完美无缺，虽然她已经45岁了，但正是那股猛劲和野性刺激了她，重新激活了她古老的能量。

“他是我丈夫。”伊莎贝拉心想，两个人隔着色彩斑斓的鲜花互相点头。“我孩子的父亲。”这句陈词滥调起作用了，她觉得骄傲，感受到他的深情，然后又为自己骄傲，因为他选择了她。经过了早上在镜子里的自我观赏和昨天晚上被欲望之箭射中之后，她惊奇地发现当他进来时（不是一个衣冠楚楚的城市绅士，而是一个板球队员），自己油然生出多少爱与恨。

他们第一次见面是在苏格兰，两个人都在钓鱼——她坐在一块石头上，而他坐在另一块石头上。她的钓鱼线缠结在一起了，她便放弃了，坐到一旁看他钓鱼，看溪水从他双腿间流过，看他抛鱼钩，一次，又一次——直到一条鲑鱼，像一块中间弯曲的厚银锭跳了起来，被他抓住。然后她便爱上了他。

巴塞罗缪也爱他，同时注意到了他的愤怒——为什么发怒？但是他想起了他的客人，有陌生人在就不是一家人了。他必须努力地向他们讲述那两张画像的故事，就是刚才贾尔斯进来时那个陌生客人正欣赏的那两幅画。

“那个人”，他指向画像里骑马的男人，“是我的祖先。他有一条狗，那条狗很有名，在家族史上占有一席之地。他还留下字据说希望把狗葬在身边。”

他们看向画像。

露西打破了沉默：“我一直觉得他在说：‘画上我的狗。’”

“那马又是怎么回事呢？”曼雷萨太太说。

“那匹马呀”，巴塞罗缪边说，边戴上眼镜。他看着那匹马，它的尾部画得不怎么令人满意。

然而威廉·道奇还在看那张女士的画。

“呀，你真是位艺术家。” 巴塞罗缪说，他因为喜欢而买下了这幅画。

伊莎注意到，道奇在大约半个小时里第二次否定了这一说法。

像曼雷萨太太这样出身良好的女士出于什么目的会带上这个缺乏教养的人一起出行呢？贾尔斯自问道。他的沉默也对谈话做出了贡献——对了，他叫道奇，他摇摇头说："我喜欢那幅画。"那便是他能说的所有内容。

巴塞罗缪说："你说的很对。有个人，我忘了他的名字了，一个与什么学会相关的人，他经常免费给像我们这样衰落的望族后代提供建议，他说……说……"他停顿下来。他们都看着那张女士画像，但画中的女士却从他们头上望过去，谁也不看，她带领他们走向林间空地，深入寂静沉默的深处。

"据说那是约书亚爵士所作？"曼雷萨太太突然打破了沉静。

"不是，不是。"威廉·道奇连忙否认，但是声音很小。

"他为什么害怕呢？"伊莎自问。真是个可怜的家伙，害怕捍卫自己的信念——就像她害怕自己丈夫一样。她把诗写在一本装订成账本的本子上以免贾尔斯怀疑。她看着贾尔斯。

他吃完鱼了，吃得很快，因为不想让他们等。现在樱桃馅饼上来了。曼雷萨太太正数着樱桃核。

“锅匠、裁缝、士兵、水手、药师、耕童[①]……我是耕童！”她大声叫道，很高兴樱桃核也证实了她是大自然的野孩子。

“你也信这个？”老绅士很有礼貌地和她说笑着。

“当然，我当然信！”她大声说。这会儿她又重回正轨，现在她又是个完全的好人了。他们也很欣喜，现在他们可以跟随她的谈话而走，远离那片将人引向寂静深处的银褐色阴影。

“我父亲，”道奇小声地对坐在旁边的伊莎说，“他很喜欢画。”

“哦，我父亲也喜欢！”她惊呼，然后又慌慌张张、断断续续地作了解释。在她小时候，有一次患了百日咳，去和一个做牧师的叔叔一起住。叔叔戴一顶无边便帽，什么事儿都不做，甚至都不讲道，但是却作诗，在花园里散

---

① 这是一首童谣，小孩子们玩“扔石头看你未来做什么”游戏时要念的东西。首先小孩子们各自找一堆石子，然后抛一颗石子，念一个词，等到石子抛完后念到什么词就代表你未来的职业是什么。文中曼雷萨太太数的是樱桃核，数完正好是“耕童”。

步时他会大声地读那些诗。

“人们觉得他疯了，”她说，“我不觉得……”

她不再说话。

“锅匠、裁缝、士兵、水手、药师、耕童……”年老的巴塞罗缪说着，放下勺子，“看来我是窃贼啊。我们去花园喝咖啡如何？”他站起身来。

伊莎拖着椅子穿过碎石路，喃喃自语：“我们现在是要去往无人之地的黑暗洞窟，还是风儿吹拂的森林？还是从一颗星球辗转到另一颗星球，然后在月亮的迷宫里跳舞？还是……”

她拿折叠椅的角度不对，带凹槽的椅框倒过来了。

“你叔叔教你的歌？”听到她的喃喃自语，威廉·道奇问。他打开折叠椅，将椅子上的横杠塞进了对应的凹槽。

她脸红了，好像她本在一间无人的房间里自言自语，却有人突然从窗帘后走了出来。

“你不会在手头上做着某些事情时，念叨些什么吗？”她打了个踉跄。但是他会用他的双手做什么呢？那可是一双肤白精巧、外观漂亮的双手。

贾尔斯回到宅子里搬了更多椅子出来，把它们摆成半圆，以便大家能共赏风景，共享古老围墙的庇护。由于一个很好的机遇，宅子建成后继续建了围墙，当时可能还想着要在阳光充足的高地上再建一栋楼，然而资金不足，计划泡汤，但是围墙保存了下来，就只是一堵墙而已。后来，下一代种了果树，果树长大后枝叶伸到风化了的红橙色砖墙之外。如果能够用采摘的杏果做上六罐杏子酱，桑兹太太就称那一年为丰收年——树上的果实不够甜，不能做甜品。如果树上只有三颗杏子，也许值得用一个细麻袋包住，但是它们看起来如此漂亮、光溜溜的，一边脸蛋晕红、一边还泛着青涩的绿，所以斯威森太太还是让它们光溜溜地待在树上，后来黄蜂就在杏子上打了很多洞。

那是一块高地，引用菲吉斯《旅行指南》（1833）上的话来说，“从这儿可以看到环绕四周的乡村美景……伯尔耐大教堂的尖顶、拉夫诺顿森林、大约在左边的隆起处还有霍格本的那座笨楼，之所以这样命名是因为……”

《旅行指南》仍然可信，1833年的情况在1939年看来依然可信。这期间没有新建什么房子，没有涌现新的城镇，霍格本的笨楼仍然显眼，在这片非常平整，一块块田野整齐排列的土地上只发生了一个变化——农用拖拉机在某种程度上取代了木犁，马匹不见了，但是奶牛还在。若菲吉斯现在还活着，他还会用同样的文字来描述这个地方。夏天坐在那儿喝咖啡的时候，若有客人在，他们总是这么说。而当没什么客人的时候，他们便什么也不说。他们欣赏着风景，看着他们熟悉的一切，想知道这一切在这一天是否可能会不大一样，然而大部分时候都是一样的。

“那正是风景让人伤感的地方，”斯威森太太说着，坐到贾尔斯给她拿过来的躺椅里，“也是它如此美丽的原因，因为风景会一直在那儿，”她冲远处田野上的薄雾点头示意了一下，“即使我们都已经不在了。”

贾尔斯猛地一拉将椅子放好，似乎只有这样才能表现他的愤怒。他因这些守旧落伍者而生气，他们在这儿坐着一边喝奶油咖啡一边看风景，而整个欧洲——就在那一边——浑身的刺都竖立着……他不擅长用比喻，只能用“刺猬”这个没什么效果的词来形容他所了解的欧洲的景象：枪林弹雨。在任何时刻炮弹都可能将这片土地变成犁沟，战机可能会把伯尔耐大教堂炸成碎片，那栋笨楼也会被炸毁。他也爱这片风景，并埋怨露西姑姑只会看风景，而不会——做什么呢？她所做的就是嫁了一个现在已经去世的乡绅，生了两个孩子，一个孩子在加拿大，另一个已婚，住在伯明翰。他也爱他的父亲，不想指责他。至于他自己，事情接踵而至……于是他坐在那里，和那些守旧落伍的人一起看风景。

“很漂亮，”曼雷萨太太说，“真漂亮……”她咕哝着。她在点烟，但微风吹灭了火柴。贾尔斯窝着手掌又给她点了一根。她没受到他的指责——为什么，他也说不上来。

“既然你对绘画感兴趣，”巴塞罗缪转向沉默的客人，“请告诉我，为什么我们作为一个民族会对那种崇高的艺术如此不感兴趣、毫无回应、漠不关心，”——香槟使他不同寻常地顺口说出三个连贯的词语——“而曼雷萨太太，请允许我这个老头如此冒犯，她可以记住莎士比亚的诗？”

“记住莎士比亚的诗！”曼雷萨太太抗拒道。她开始装腔作势，“生存还是毁灭，这是一个值得考虑的问题，哪一个更高尚[1]……继续！”她用肘轻推坐在旁边的贾尔斯。

“远远地，远远隐没，让我忘掉你隐身树叶间从不知道的一切[2]……”伊莎赶紧说出了脑海中涌现的句子，以帮助丈夫摆脱窘境。

“忘记这疲劳、折磨和焦躁[3]……”威廉·道奇补充道，同时把烟蒂掩埋在两块石头的空隙里。

“瞧！”巴塞罗缪大声说，高高竖起食指，“那已经足够证明了！什么清泉被触动，什么秘密的抽屉展示着它的宝物，如果我说”——他又竖起了几根手指——“雷诺兹[4]！康斯太勃尔[5]！老克罗姆[6]！”

---

① 引自英国诗人、剧作家莎士比亚（1564—1616）的戏剧《哈姆雷特》。本句翻译出自朱生豪。

② 引自英国诗人济慈（1795—1821）《夜莺颂》中的诗句，原句为“Fade far away, dissolve, and quite forget what thou among the leaves hast never known”，文中伊莎没有说出“dissolve”消融一词。本句翻译出自穆旦。

③ 《夜莺颂》中的诗句，原句为“The weariness, the fever, and the fret…”。威廉将“fever（热病）”说成“torture（折磨）”本句翻译基于穆旦译本修改而成。

④ 雷诺兹（1723—1792），英国18世纪伟大的学院派肖像画家，也是油画画家。

⑤ 康斯太勃尔（1776—1837），英国皇家美术学院院士，19世纪英国伟大的风景画画家。

⑥ 克罗姆（1768—1821），英国田园风光派画家，史称老克罗姆。

“为什么称他为‘老克罗姆’呢？”曼雷萨太太插话道。

“我们没有什么诗句——我们没有什么诗句。”斯威森太太抗议道，“心里想得到，嘴上说不出来，就这样。”

“无法用言语表达的思想，”她哥哥自言自语道，“可能吗？”

“超出了我的能力范围！”曼雷萨太太一边大声说，一边摇头，“聪明人的游戏！我可以自便吗？我知道不对，但是我的年纪和身材都已经到了一个可以随心所欲的阶段了。”

她拿起那个银质的奶油罐，让平滑的奶油尽情地流到她的咖啡上，而且她还加了满满一勺黑糖。带着满足和喜悦，她一圈又一圈地、很有节奏地搅拌着咖啡。

“吃什么就放什么！请自便！”巴塞罗缪大声说。他感觉香槟的劲头要过了，于是他想抓紧时间在他和蔼可亲的一面还没有退却之前好好利用它，就像上床睡觉前最后再看一眼明亮的房间。

这个狂野的孩子，再一次在老人和蔼可亲的时候表现出野性，她从咖啡杯上往贾尔斯的方向看过去，与他感受到一种共谋。一根细线联结着他们——可见亦不可见，像秋天旭日初升以前将颤抖的草叶缠结在一起的丝线一般，一会儿可见，一会儿又隐藏了起来。她只在一场板球赛上见过他一次，然后他俩之间就形成了那根缠结在清晨草叶之间的丝线，但友谊的枝叶尚未出现。喝咖啡前，她总会先看一看，看也成了喝的一部分。为什么要浪费感情？她似乎在问，为什么要浪费可以从这个香醇的、融化的、可爱的世界里挤出来的这唯一一滴咖啡？然后她开始喝咖啡，她身旁的空气里交织着各种情感。巴塞罗缪感觉到了，贾尔斯也感觉到了。若他是一匹马，那薄薄的棕色皮肤就会像被苍蝇叮咬了一样抽搐。伊莎贝拉也抽搐了，嫉妒和愤怒刺穿了她的皮肤。

曼雷萨太太放下杯子说："现在谈谈这次演出吧——我们误打误撞闯进来的这个露天表演。"——听她这样一说，好像整个表演已经像被黄蜂咬破的杏子一样成熟了——"说说吧，那是个什么样的表演？"她转过身。"我是不是听到什么了？"她仔细聆听。她听到的是笑声，从灌木丛中传过来的笑声，因为这个露台一直延伸到灌木丛。

莲花池后面的地势又是向低处倾斜的，那片低洼的土地上灌木丛和荆棘丛抱团生长着。那儿总有荫蔽，夏天时有零星的阳光透进来，而冬天则是一片昏暗潮湿。夏天总是会有各种蝴蝶萦绕于此，如飞速掠过的豹蛱蝶、欢快地来回舞动的赤蛱蝶，还有没什么野心的菜白蝶，它只绕着一棵矮树飞来飞去，像那群穿着薄布衣裙的挤奶女工，安于在那儿过上一辈子。对一代又一代的居民而言，捉蝴蝶从此开始，对巴塞罗缪和露西来说如此，对贾尔斯来说也是如此；对乔治来说，前天才刚开始，当时他用他的绿色小网逮住了一只菜白蝶。

那儿正好可以给演员们做化妆间，很显然露天平台正好可以做舞台。

“正需要一个这样的地方！”拉特鲁布女士第一次来访看到这片地方时就惊呼。那是一个冬天，当时树上没有叶子。

“那儿正好可以进行露天表演，奥利弗先生！”她大声说，“树木迂回缠绕……”她冲裸露在一月的清冷日光中的矮树丛挥了挥手。

“那边做舞台，观众就坐在这儿，再往下那片灌木丛正好做演员们的化妆间。”

她对于为各种活动做筹备兴奋不已。但是她从哪儿来呢？看名字她应该不是纯正的英国人。或许她来自英国的海峡群岛？只是她的眼睛和身上的某种特质总让宾厄姆太太怀疑她身上有俄罗斯血统。并不是因为她去过俄罗斯，而是“那双深邃的眼睛，那个宽宽的下颌”让她想起了鞑靼人。传言说拉特鲁布女士在温彻斯特有一家茶馆，不过经营失败了；她曾经当过演员，不过也没有成功；她买了一栋四间房的乡舍，与一个女演员同住，但她们总是吵架。事实上人们对她知之甚少，表面上看起来她黝黑、强壮、结实，穿着长罩衣在田野间大步行走，有时嘴里叼着烟，手上经常拿着鞭子，说着骂人的粗话——或许，她本就不完全是一个淑女？不管怎样，她对筹备活动很有激情。

笑声消失了。

“他们会表演吗？”曼雷萨太太问道。

“表演、跳舞、唱歌，都有一点儿。”贾尔斯说。

“拉特鲁布女士是一个精力充沛的人。”斯威森太太说。

“她让每个人都行动起来。”伊莎贝拉说。

“我们的角色就是做观众，但那也是很重要的角色。”巴塞罗缪说。

“我们也提供茶点。”斯威森太太说。

“我们要去帮忙切面包和黄油吗？”曼雷萨太太问。

“不，不，”奥利弗先生说，“我们是观众。”

“有一年演的是《格顿婆婆的针》，”斯威森太太说，“有一年是我们自己写的剧本。铁匠的儿子——托尼？还是汤米？——他的嗓音最好听了。住在十字路口的埃尔希——她模仿得多像啊！把我们都模仿了，也就是巴特、贾尔斯、老福林西——就是我。人们都很有天赋，非常有天赋，问题是如何把天赋发挥出来？这就是拉特鲁布女士的高明之处。当然，有这么多英国文学作品可以选择，但是该如何选呢？通常下雨的时候我就开始数我读过的书和我还没有读过的书。”

“把书弄得满地都是，也不收拾，”她哥哥说，“像故事中的小猪那样，又或者是小驴那样？”

她笑了，轻轻地拍了一下他的膝盖。

“驴不能在干草和萝卜之间做出选择，只能挨饿。”伊莎贝拉解释道，她特意在姑姑和丈夫之间插入话题，因为后者讨厌今天下午这样的谈话。书打开了，没有得出任何结论，他就坐在人群里。

“我们就一直坐着”——“我们是观众。”今天下午，词语不再老老实实地连在句子里，它们跳出来，冲你挥动拳头威胁你。今天下午他不是来看村民们表演年度露天剧目的贾尔斯·奥利弗了，而是戴着镣铐被拴在一块岩石上，不得不被动地观看一场不可名状的恐怖表演。他把这一切写在脸上，伊莎不知道说什么好，她突然打翻了一杯咖啡，有一半是出于故意。

威廉·道奇在杯子往下掉时接住了它，他在手里握了一会儿，转动杯子看了看。那模糊的蓝色印记像两把交叉的匕首，从底层的釉面来看，他知道杯子是英国货，可能是在诺丁汉制成的，时间大约是1760年。他看着匕首图案并得出这个结论时的表情，又轻而易举地让贾尔斯像把衣服挂在挂钩上一样把他的愤怒朝他宣泄。现如今，威廉·道奇，一个奉承者，他根本就不是一个理智、理性的诚实之人，而是一个戏弄者和一个惹人愤怒的人、一个变化多端的人，为人挑剔又难以抉择，终日蹉跎美好的时光，不是一个会直截了当爱一个女人的男人——他的头和伊莎的头挨得很近——但他简直就是一个——这个词语，他不能在公共场合说，他噘起了嘴。他小手指上的图章戒指看起来更红了，因为他双手使劲握着椅把，使得手指上的肌肉变白了。

“噢，太有意思了！”曼雷萨太太用她清亮的声音大声说。“什么都有一点儿，有歌唱，有舞蹈，还有一个由村民们自己表演的剧目。只是，我肯定这是她写的剧本。”说到这儿她把头转向一边的伊莎说，“是不是，贾尔斯太太？”

伊莎脸红了，矢口否认。

曼雷萨太太继续说：“对我而言，说实话，我没法将两个词语放到一起。不知道怎么会这样——我说起话来像个话匣子，而一旦握笔——”她做了个鬼脸，手指做出握笔的姿势，但是她这样握着的笔根本不愿在小桌子上挪动。

“而且我的字——这么大——这么丑——”她又做了个鬼脸，放下手中隐形的笔。

威廉·道奇小心地把杯子放回了碟子上。“而他，”曼雷萨太太说，就像他处理咖啡杯的这一系列完美的动作，同样他也具备精湛的书写技能，“写的字很漂亮，每一个字母都写得很完美。”

大家的目光再一次投向威廉·道奇。他立即把双手放到口袋里。

伊莎贝拉猜到了贾尔斯没有说出的那个词是什么。哎，如果他如那个词所说的那样他就有错吗？为什么要相互指责呢？我们相互了解吗？不是在此时，也不是在此地，而是在别的地方。这片乌云、这块硬壳、这份怀疑、这片尘土——她想组成一个韵律，但是没有成功。不过某个地方肯定会有太阳照耀，然后毫无疑问，一切都会变得清晰明亮。

她猛地抽动了一下。又听到远处传来的笑声。

“我想我听到他们说话了。”她说，“他们正在做准备，正在灌木丛里盛装打扮呢。”

拉特鲁布女士在弯曲的白桦树之间来回踱步，一只手插在夹克的口袋里，另一只手拿着一大张纸，她正在读纸上写的内容，她看起来像甲板上踱着步的司令员。那些有点倾斜别致的白桦树，银白色的树皮上带有黑色的手镯状的纹路，它们一棵棵延伸开去，远远的大概有一艘轮船那么长。

会下雨吗，还是会天晴？太阳出来了，她遮挡住眼睛，拿出站在后甲板上的舰队司令该有的气度，当即她决定冒险在户外进行演出。疑虑消除了，她命令所有舞台道具必须从谷仓搬到灌木丛。工作完成。她来回踱着步，为晴好而不是下雨的天气担负着所有责任，而演员们则在灌木荆棘丛里换装。所以有笑声传出。

衣服散放在草地上，厚纸板做成的王冠，锡箔纸做成的利剑，头巾是由六便士的洗碗布做成的，散布在草地上或者悬挂在灌木上。荫蔽处是一堆堆红色和紫色的道具，太阳光透射进来闪烁着银光。衣服吸引了蝴蝶的目光，红色和银色，蓝色和黄色散发出温暖和甜蜜。赤蛱蝶贪婪地吮吸着洗碗布头巾散发的味道，菜白蝶则畅饮锡箔纸上的冰爽。它们翩翩而来，尽情品味，然后离去，随意品尝着各种颜色。

拉特鲁布女士停止踱步，环顾了一下现场。“（下一个剧本的）必要因素已经具备了……”她喃喃自语。因为下一个剧本总是在她刚写完前一个剧本后就初具雏形了。她用手遮着眼睛挡住阳光，看了看四周：蝴蝶盘旋飞舞、光线千变万化、孩子们在欢快地跳跃、母亲们则尽情地欢笑着——

“不，我还没想好。”她咕哝了一句又重新踱起步来。

他们私底下说她“专横”，就像他们说斯威森太太“年老脆弱”一样。她举止莽撞、身材矮胖，她脚踝厚实、鞋子结实，她用刺耳的口音大声宣布她当机立断做出的决定——所有这些都“让他们很恼火”。没人喜欢单独听她指挥，但是作为小团体他们又有求于她。总得有人来领头，这样他们也可以把责任推到她身上。要是下大雨呢？

“拉特鲁布女士！”这会儿他们询问她，“这个怎么办？”

她停止踱步。大卫和艾丽思各将一只手搁在留声机上，留声机必须藏起来，但是又必须放在离观众足够近的地方，这样观众才能听得到声音。她不是已经安排好了吗？盖满树叶的栅栏在哪儿呢？把它们拿过来，斯特里特菲尔德先生说过他会负责。斯特里特菲尔德先生在哪儿呢？看不见牧师人啊。或许他在谷仓里？“汤米，快去叫他来。”“汤米要在第一场出镜。”“那就贝丽尔去……”母亲们有异议了，一个孩子被选中了，而另一个却没有。金发比黑发更受青睐，这不公平。伊伯里太太不让范妮表演因为她得了荨麻疹，荨麻疹在村子里还有另外一种叫法。

你可能认为波尔太太的小屋不是特别干净。上次战争时期波尔太太的丈夫还在战壕里作战，她却和另一个男人住在一起。这一切拉特鲁布女士都知道，但是不愿掺和进来。像一块掉进莲花池中的大石头，她跳进这张精致的罗网里，网被击碎，只有水底的根茎将她托起。虚荣心使人们变得很善变。男孩们想要更多的戏份，女孩们想要精致的服装，而费用必须控制在较低的水平，不能超过十英镑。因此拥护习俗的人觉得气愤，包裹在传统习俗里，他们不能像她一样认识到，洗碗布裹在头上在户外看起来比真正的丝绸更具魅力。于是他们在那里争论，但是她置身其外。她在白桦树林里踱着步，等待着斯特里特菲尔德先生的到来。

其他树都特别挺直，虽然不是十分规律，但是足以作为假想教堂中的圆柱，一个没有屋顶的教堂，一个室外的教堂。燕子们在匀整的树木之间飞来掠去，好像形成了一种俄式的舞蹈风格，只是不是伴着音乐，而是伴着它们自己才能听见的狂野心跳。

笑声消失了。

“我们必须耐心地掌控自己的灵魂。”曼雷萨太太又说话了，“需要我们帮忙搬椅子吗？”她一边提议，一边看了看身后的情况。

坎迪什、一个花匠，还有一个女仆正在为观众们搬椅子，而观众们没有任何事情可做。曼雷萨太太抑制住了一个哈欠。他们都沉默不语，凝视着风景，仿佛这其中某一片田野里会发生什么事儿，把他们从这难以忍受的集体静坐、无所事事的负担中解脱出来。他们的想法和身体靠得太近，但是又不够近。他们各自觉得：我们不能随意地感知或思考，也不能随意地睡一会儿；我们离得太近，却又不够近。所以他们坐立不安。

越来越热了，云层也消散了，阳光普照。暴露在阳光下的景色被抚平，归于寂静、一动不动，奶牛们也纹丝不动。砖墙不再形成荫蔽，却仍然挡住了一些热气。老奥利弗深深地叹了口气，他的头抽动了一下，一只手垂落下来，垂到离躺在他身旁草地上的猎狗头部一英寸的地方，然后他又猛地把手缩回来放在膝盖上。

贾尔斯怒目而视，双手紧紧地抓着膝盖，眼睛盯着平坦的田野。他静静地坐在那儿凝望着、注视着。

伊莎贝拉感觉自己被囚禁了。穿过监狱的栏杆，穿过动摇他们心志的朦胧睡意，迟钝的弓箭射伤了她，先是爱之箭，紧接着是恨之箭，穿透了那些她也不知道是爱是恨的人的身体。她午餐时喝了葡萄酒，所以她清醒地意识到她对水的渴望。“一大杯凉水，一大杯凉水。”她重复着，仿佛看见闪光的玻璃墙体里有水。

曼雷萨太太渴望放松，蜷缩在角落的垫子上，一张画报、一袋糖果，足矣。

斯威森太太和威廉淡淡地看着风景，面容冷漠。

真是太美了，要多么美的景色，才能占据眼和心，反射出阵阵涟漪，让思绪跟着荡漾，让这风景延伸直到一个转弯突然消失不见。

曼雷萨太太屈服于睡意了，她猛地往前跌，摔倒在地上，然后她站起身来。

“风景真好！”她大声说，佯装弹掉烟灰，实际上是掩藏哈欠。然后她叹了口气，假装她不是困倦，而是在表达她所感受到的与风景相关的某种情感。

没有人回应她。平坦的田野闪耀着绿黄、蓝黄、红黄各种颜色，然后又是蓝黄。这循环往复的变化毫无意义、令人生厌、使人麻木。

好像说话的时机恰好到了，又好像她之前承诺过的，这会儿是时候兑现承诺了，斯威森太太低声说：“来，来，我带大家看看这栋宅子。”

她没有特别对哪一个人说这句话，但是威廉·道奇知道她是对他说的。于是他像一个突然被绳子拉直的玩具一样猛地站了起来。

“真有精力！”曼雷萨太太半叹气，半打哈欠地说。

“我有勇气跟着一起去吗？”伊莎贝拉自问道。他们要走了。她这会儿最想要的是冷水，一大杯冷水，但是现在她对水的渴望逐渐减弱，被她对其他人沉重的社会责任所压制。她看着他们离开——斯威森太太虽步履蹒跚却显得很轻快，道奇起身站直，他大步地走在她身边。两人沿着被晒热的围墙下的炽热的瓷砖路走着，直到走到房子遮挡下的荫蔽处。

一盒火柴掉了——是巴塞罗缪的。他的手指松开了，盒子就掉了。他放弃了这个游戏，不愿被打扰，他把头偏向一边，一只手悬垂在猎狗的头顶上，他睡着了，还打起了呼噜。

斯威森太太在大厅里几张四脚镀着金边的桌子旁停了

一会儿。

她说：“这儿是楼梯，现在我们上楼吧。”

她往上爬，先客人两级。他们往上爬，破裂的油画布上一条条黄色缎子呈现出来。

“她不是我们的祖先，”当他们来到与两张画齐平的位置时，斯威森太太说道。“但是我们给了她祖先的待遇，因为我们认识她——噢，已经这么多年了。她是谁呢？”她注视着画面。“是谁画的？”她摇摇头。画中的贵妇人看起来平添了一股生气，如同宴会时有阳光洒落在身上的感觉。

“但是我最喜欢笼罩在月光里的她。”斯威森太太认真思考后说。他们继续上楼。

爬楼梯使她稍有点儿喘气。她用手拂过楼梯间平台上那一排排破旧的书籍，就像在抚摸排箫。

“从思想上来说，我们是这些诗人的后代……先生。”她低声说。她忘了他的名字，却选了他陪自己。

“我哥哥说，为了获得荫蔽，他们面朝北建的这座宅子，而不是面朝南以获取充足的阳光，所以冬天这些书很潮湿。”

她停了一下，“接下来是什么？”

她停下脚步，那里有一扇门。

她将门打开：“这是晨间起居室，是我母亲接待客人的地方。”

在一个精致的带凹槽的壁炉架旁，面对面摆放着两把椅子。他往她身后看过去。

她关上门。

“继续，继续上楼梯。”他们继续往上爬。“他们不停地往上爬，”她气喘吁吁地说，仿佛看到了一支隐形行进的队伍，“继续往上爬就能上床休息了。”

“一个主教、一个旅行者——我甚至忘了他们的名字。我没有在意，也忘了。”

她在走廊的一扇窗户前停下来，拉开了窗帘。楼下是花园，浸润在阳光里，地上的青草绿油油的，闪闪发亮。三只白鸽在那儿卖弄风情，踮着脚尖挪着步子，像穿着舞会装的女士们一样雍容华美。它们粉色的小脚迈着极小的步子走在草地上，优雅的身躯也跟着一摇一摆。突然，它们展翅飞起，盘旋了几圈，然后飞走了。

“现在看看卧室吧。”她非常响亮地敲了两下门，还把头偏向一边听室内有无动静。

她小声说：“谁知道呢，有人在里面就不好了。”然后她推开了门。

他则希望看到里面有人，赤身裸体，或者衣衫不整，或者跪在地上祈祷。但是房间里空无一人。这个房间非常整洁，有好几个月没人在这儿住过了，是一间空余的房间。梳妆台上摆着烛台，床罩也十分整洁。斯威森太太在床边停下脚步。

“这儿，对，就是在这儿。”她轻轻地拍了拍床罩，“我就是在这张床上出生的。”

她的声音渐渐消失，瘫坐在床边，毫无疑问，在爬楼梯和高温的双重作用下，她累了。

“然而我认为，我希望我们有其他生命。”她低声说，“我们活在别人的生命里……先生，我们活在其他事物里。”

她说得很简明，她努力地说出这些话。她说话时好像不得不克服劳累，出于对一个陌生人，一位来客的友善她才不停地说话。她忘了他的名字，这已经是她第二次用“……

先生”来称呼他了。

家具是维多利亚中期的风格，可能是四十年代在马普莱斯买的。地毯上满是紫色的小点，一个白色的圆圈标记了洗手台旁边污水桶的摆放位置。

他可以说“我叫威廉吗”？他想这样说。虽然年老体弱，她还是爬上了这些楼梯，向他讲述了她的想法，不管也不在意他是否会认为她充满矛盾、感情用事、愚蠢可笑。她还向他伸出手，帮他走上一级陡峭的楼梯，因为她预料到了他的困难。坐在床上，他听到她一边吟唱，一边摆动她的小腿。“来看我的海草，来看我的海贝，来看我的小鸟儿在栖息处跳来跳去”——这是一首哄孩子入睡的古老童谣。他站在角落的壁橱边，看到镜子里的她。他们两个人都像身体被隔离了一样，他们的眼睛冲镜子里各自的眼睛微微一笑，没有身体的眼睛。

然后她从床上滑落下来。

她说：“那么，接下来有什么呢？”然后她笃笃地跑到走廊上。有个房间的门开着，房间里的人都到花园里去了，这个房间就像一艘被全体成员遗弃的船。孩子们刚刚还在这儿玩——地毯中央还有一只带斑点的木马；保姆刚刚还在做针线——桌上有一块亚麻织布；小婴儿刚才还在婴儿床里躺着。现在床空了。

“这是育儿室。”斯威森太太说。

话语升华成了象征性的符号。“是我们家族的摇篮。”她似乎在说。

道奇穿过房间来到壁炉边，看着钉在墙上的《圣诞年刊》上的纽芬兰犬。房间充满着温馨甜蜜的味道：有衣服烘干的味道、牛奶的味道、饼干和温水的味道。那张画的名字叫“好朋友们”。门外传来一阵声音，他转过身，这个年老的女人已经漫步到了走廊，身体倚靠在窗边。

为了回来的人方便，他没有关门，然后来到她身边。

窗户下的院子里，汽车一辆接一辆相继到达，窄窄的车顶摆在一起看起来像一块块地砖。司机们跳下车，年长的女士们小心翼翼地向前迈动她们穿着银色搭扣鞋和黑丝袜的双腿，年长的男士们则穿着条纹裤装，着短裤的年轻男孩们从一边车门跳了下来，穿肉色丝袜的姑娘们从另一边走下来。黄色的碎石因为车轮碾压而发出咕噜声。观众们陆续到达。他俩从窗户边看着这一切，像两个逃学的学生，远离人群。他们的半个身子都露在窗户外面。

这时刮起了一阵微风，所有平纹细布窗帘都飘出了窗外，像是某位高贵的仙女在其他神仙的簇拥下起身，整理了一下琥珀色的衣裙，而其他的神仙看到她起身离开，便笑了，他们的笑声跟着她一起飘散开来。

斯威森太太用手整理了一下头发，因为微风把她的头发拨乱了。

“……先生”她开始说。

“我叫威廉。”他打断道。

听到这个她露出了令人着迷的、女孩般的笑容，仿佛风儿把她冷淡的蓝色双眼晕染成了琥珀色。

她道歉地说：“威廉，我把你从朋友中带走，因为我感觉这个伤口紧绷得难受……”她摸着瘦削的额头，上面有一条青筋像一条扭曲的蓝色虫子，但是她深陷在眼眶里的双眼依然闪烁着光芒。他只看得见她的眼睛。他很想在她面前跪下来，亲吻她的手，然后说：“上学的时候他们把我按在装脏水的桶里，斯威森太太；当我抬头时，整个世界都是脏的，斯威森太太；后来我结婚了，但是孩子却不是我的，斯威森太太；我不像个男人，斯威森太太；而像草丛里一条忽隐忽现，思想分裂的卑劣小蛇，斯威森太太，正如贾尔斯看穿的那样。但是你治愈了我……”他很想这样说，却什么也没说。微风徐徐地穿过走廊，吹动着窗帘。

他和她再一次往下看着那些在门口形成新月形状的黄色碎石。她项链上的十字架吊坠因她探身窗外而晃荡着，阳光正好照耀其上。她怎么可以让自己背负那个闪耀标志的重负呢？如此情绪变化无常，思维游移不定，这个形象使她变得多么沉重？在他看来，他们不再是逃课的学生。车轮的咕噜声变成了话语，仿佛在说：“快点，快点，快点，不然要迟到了。快点，快点，快点，不然最好的座位都被占了。”

“噢，”斯威森太太大叫道，“斯特里特菲尔德先生来了！”他们看到了牧师，他高大魁梧，手拿围栏，布满树叶的围栏。他带着权威人士的神气迈着大步穿过汽车走了过来，人们都在等待、期盼着他的到来，而现在他来了。

斯威森太太说：“是时候加入——”她没把话说完，

她脑子里好像有两种不同的思维，像草地上飞起的鸽子，一只向左一只向右。

观众们正在赶来。他们像溪水一样沿着乡间小路流淌过来，然后在草地上散开。他们当中有年老的，有正当壮年的，还有孩子。如菲吉斯先生可能观察到的那样，他们当中有最受尊重的家族的代表——丹顿宅的戴斯一家、奥斯维克宅的威克姆一家等等。一方面有些家族已经在那儿住了几百年了，从没卖出过任何土地。另一方面也有新来者，比如曼雷萨一家，他们还把旧房子装修一新，新添了几间卧室。还有一些杂乱的散户，如科布斯康纳宅的科贝特，听说他退休了，靠着茶叶种植园的退休金过活。他没有什么财产，自己做家务和照看花园。临近在建一家汽车工厂和小型飞机场，因此吸引了一些未婚的流动居民。还有像佩奇先生这样的人，他是个记者，来自当地的报社。然而粗略地来说，要是菲吉斯亲自到场点名，可能的情况是，一半的男士女士们都会说：“到，我是代替我祖父或者曾祖父而来。”此时此刻是1939年6月某一天下午的三点半，他们相互打招呼，找座位就座时看是否可以找一个相邻的座位。他们说："派伊斯康纳丑陋的新房子呀！多么难看呀！还有那些平房！—— 你们看见过吗？"

要是菲吉斯点村民的名字的话，他们也同样会回应。桑兹太太姓艾利夫，坎迪什的母亲是佩里斯家的一员。教堂墓地里的绿色小土丘就是他们家的地下排水系统冲积而成的，几百年下来排水系统使得土壤变得松散。诚然，斯特里特菲尔德先生在教堂点名的时候会有人缺席。而当他点名有人缺席的时候，他就把过错都归于摩托车、公共汽车和电影。

一排排椅子已经在平台上摆好，有轻便的折叠躺椅、镀金椅、租来的藤椅和固有的庭院长椅。有足够多的椅子让每个人都能就座，但有人更喜欢坐在地上。当拉特鲁布女士说这是"室外演出的最佳地点"时，她说的确实是实话。草坪像电影院的地板一样平整，隆起的平台是一个天然的舞台，周围的树木像柱子一样护住舞台，以天空为背景观众可以更好地看清人形。至于天气，结果与人们预料的相反，天气很好，一个完美的夏日下午。

卡特太太说："太幸运了！去年……"然后演出开始

了。这个到底是不是演出的声音呢？噗噗、噗噗、噗噗的声音从灌木丛中传来，这是机器出问题时才会发出的声音。有些人赶紧坐下，其他人内疚地停止说话，所有人都看着灌木丛里的动静，因为舞台上空无一人。噗噗、噗噗、噗噗，机器在灌木丛里发出声音。他们看起来有点担心，有人赶紧把没说完的话说完。这时一个穿粉色礼服、如玫瑰花蕾般美丽的小女孩（由菲利斯·琼斯饰演）走上前来，站在一块装饰着树叶的海螺壳后面的垫子上，大声说：

乡绅们、乡民们，大家好……

所以演出开始了，或者这是序幕？

感谢你们来此参加我们的盛宴（她继续说）

大家可以看到，这是一场露天表演

来源于我们大不列颠岛的历史。

我是英格兰……

“她是英格兰。”他们悄声说。“开始了。”“序幕开始了。”他们继续说，一边低头看节目单。

“我是英格兰。”她又大声说，然后停下来不说话了。

她忘词了。

“听啊！听啊！”一个穿白色马甲的老男人兴致勃勃地说，“好！好！”

“诅咒他们！”拉特鲁布女士藏在树后骂道。她逐个看了一下前排观众的情况，他们都瞪着眼睛，好像暴露在霜冻中蔫了一样，凝固在同一个水平面上动弹不得。只有牧牛人邦德看起来自然得体。

“音乐！”她用手势示意，“音乐！”但留声机还是“噗噗、噗噗、噗噗”作响。

“一个新生儿……”她提示说。

“一个新生儿，”菲利斯·琼斯继续说，

从海上而来

那有狂风骤雨掀起的巨浪

把这个岛屿

与法国和德国隔绝。

她朝身后看了一眼，留声机仍在发出噗噗、噗噗、噗噗的声音。一长队穿着粗麻布上衣的村民开始在她身后的树木之间进进出出。他们在唱歌，但是观众一个字儿也听不到。

“我是英格兰”，面对着观众，菲利斯·琼斯继续说，

现在又小又弱

如大家所见，还是个孩子……

她的话像一阵坚硬的小石头雨击打着观众。曼雷萨太太坐在正中间，她笑了，但笑的时候她感觉自己的皮肤像要裂开了一样。在她、唱歌的村民和说话的孩子之间存在着巨大的空白。

噗噗、噗噗、噗噗，那台留声机发出的声音就像大热天里工作的玉米收割机发出的声音。

村民们正在唱歌，但是有一半的歌词被风吹散了。

切断道路……我们爬上……山顶。在山谷底下……母猪、野猪、阉公猪、犀牛、驯鹿……挖土耕种，挖到了山顶……研磨石头之间的植物根茎……研磨玉米……直到我们也……躺倒在地——底——下——……

歌声逐渐消失。留声机又噗噗、噗噗、噗噗地响开了，最后终于碾出了一首曲子！

全副武装对抗命运

英勇的罗德里克

全副武装英勇善战

无所畏惧果敢坚毅

信心坚定慷慨激昂

看这些勇士——他们来了

……

这首宏大流行的曲调震耳欲聋。拉特鲁布女士在树后观察着一切。观众们全身的肌肉放松了，沉默被打破，中间那个肥胖的女士开始用手在椅子上打拍子，曼雷萨太太正在哼唱：

我家在温莎，在一家酒馆附近
酒馆的名字叫“皇家乔治”
嘿，男孩们，信不信由你们
我可不想你们问……

她漂浮在流淌的乐曲中，流露出尊贵、自足、愉悦。这个野孩子是庆典上的女王。演出开始了。

然而演出受到了干扰。“哦，”拉特鲁布女士在树后低声咆哮说，“这些打岔的事儿真是折磨人！”

“对不起，我迟到了。”斯威森太太说。她努力穿过人群坐到她哥哥旁边的一个座位上。

“这都是关于什么的？我错过了序幕。英格兰？那个小女孩？现在她走了……”

菲利斯走下了垫子。

“这是谁啊？”斯威森太太问道。

她是希尔达，木匠的女儿，她这会儿站在英格兰刚刚站过的垫子上。

“噢，英格兰已经长大……”拉特鲁布女士提示道。

“噢，英格兰已经长大成一个女孩。”希尔达高声唱着。

（“声音真动听！”有人大喊。）

头上戴着玫瑰
野玫瑰，红玫瑰
她淌洋在小巷里
挑选一个花环作为头饰。

“垫子？太感谢你了。”斯威森太太一边说着，一边把垫子塞到背后。然后她把身子向前倾。

“我认为这是乔叟时代的英格兰，她在采花庆祝，采集坚果，她头上戴着花儿……但是那些从她身后经过的人——”她指向他们，“（他们是）坎特伯雷的朝圣者吗？快看！”

村民们一直在树林之间进进出出。他们在吟唱，但是观众只听得见一些零星的歌词“……在草丛里磨出车辙……在巷道里建房子……”风吹散了歌词的连接词，然后当他们到达尽头那棵树时，可以听到他们在唱：

到圣人的神殿去……到坟地去……爱人们……信徒们……我们来了……

他们聚集到一起。

然后是一阵沙沙声和干扰声，还有椅子往后搬动的声音。伊莎回头看了看，罗伯特·海恩斯先生和他的太太到了，他们在来的路上因为汽车抛锚而耽搁了。他坐在右边，在她后面几排的位置，穿着灰色的衣服。

同时那些朝圣者向坟地表达完他们的敬意之后，好像在用耙子抛干草。

我亲了一个女孩却让她走了

又把另一个推倒在

稻草和干草堆里……

——他们一边唱着歌，一边铲起和抛下看不见的干草，而她再一次环顾四周。

“英国历史上的场景。”曼雷萨太太向斯威森太太解释说，她声音很愉悦，说得很大声，好像斯威森太太耳聋了一样。“快乐的英格兰。”

她使劲地鼓掌。

唱歌的村民快速地跑进了灌木丛。曲调停止了，噗噗、噗噗、噗噗，留声机又响开了。曼雷萨太太看着节目单，他们若不省略一些内容，表演得持续到午夜。早期英格兰、金雀花王朝、都铎王朝、斯图亚特王朝——她把这些都用记号标了出来，但是她可能还忘了一两个。

“很有雄心，是不是？”等待的时间里，她对巴塞罗缪说。留声机还在那儿噗噗、噗噗、噗噗，他们能交谈吗？他们能走动吗？不行，因为演出还在继续。然而舞台是空的，只有奶牛在牧场缓缓地走动，只可以听到留声机针头的滴答声。滴答声似乎把观众们团结在一起了，但他们一个个都昏昏欲睡。没有任何东西出现在舞台上。

“我都不知道我们的风景看起来这么美好。”斯威森太太低声对威廉说。她不知道吗？孩子们、朝圣者、朝圣者后面的树林、树林后面的田野——这一切可见的美好都让威廉感叹不已。滴答、滴答、滴答，留声机还在响着。

“拖延时间。”老奥利弗低声说。

“这对我们来说是不存在的，”露西喃喃地说。“我们拥有的只是当下。”

“这不就够了吗？”威廉自问。此刻的美好——这不就够了吗？但此刻伊莎显得坐立不安，她裸露的棕色手臂紧张地伸向头顶，还在座位上扭动了一下身体。“不，对我们这些拥有未来的人也是不存在的。”她似乎在说，未来扰乱我们的当下。她在找谁呢？威廉也转过身，跟随她的眼睛，只看到一个穿灰色衣服的男人。

滴答声停止了。留声机里传出来一支舞曲。跟着曲子，伊莎低声哼唱：“我想要什么？离开这没完没了的日日夜夜，去一个没有分离的地方，那儿只有眼与眼的真诚相遇——和……噢，”她大叫道，“看她！”

大家都大笑着鼓掌。从灌木丛后面走出来的是伊丽莎白女王——由特许经营烟草的伊莱扎·克拉克扮演。她真的是乡村商店里那个克拉克太太吗？她妆容华丽，头上挂满珍珠饰品，她从一个巨大的轮状衣领里抬起头来，她身上披着光滑亮泽的绸缎，便宜的胸针像猫眼石和虎眼石一样闪亮发光，珍珠往下垂，披肩看着由银线织布制作而成——而实际上是擦洗炖锅的棉布。她看起来恰好与所饰角色的年龄相仿。站上放在舞台中央充当海洋岩石的肥皂盒时，她的体型让她看起来像个庞然大物。在商店里，她手臂一挥就能够到一块培根或者拖动一桶油。有那么一瞬间，她站在盒子上，身后是蓝天和流动的白云，她看起来居高临下，十分引人注目。风加大了。

这片伟大土地的女王……

——这是在喧闹的欢笑声和掌声中听到的第一句话。

我是船队和大胡子男人（她大声叫嚷）

霍金斯，佛罗比舍，德雷克的女主人，
他们把橙子、银锭、
大量的钻石、达克特金币
卸载在西面的码头上——
（她用拳头指着烈日下的蓝色天空）
所有建筑尖顶、塔尖和皇宫的女主人——
（她朝宅子挥动手臂）
莎士比亚也为我歌唱——
（一头牛哞哞叫，一只鸟叽叽喳喳。）
绿树林中，荒野山林，（她继续说道）
欧歌鸫[①]欢快地歌唱，赞美英格兰，赞美女王，
从温莎到牛津
花岗石和鹅卵石上
勇士、爱人
战士、歌者
大声的欢笑，低声的欢笑。

---

① 原书用了 throstle 和 mavis 两个称谓，实际都指欧歌鸫。

灰色头发的小孩

（她伸出黑黝黝、强壮有力的手臂）

满足地张开手臂

迎接从岛上归来

历经海难的勇士……

这时风用力地拉扯着她的头饰，一个个的珍珠环使得头饰头重脚轻。她不得不用手稳固一下快要被吹跑的花环。

“笑声，大笑声。”贾尔斯嘀咕着。留声机上曲调左右摇摆，像是陶醉在欢乐当中。曼雷萨太太开始用脚打着拍子，并且一起哼唱起来。

“太好了！太好了！”她大叫道。“老家伙依然保有活力！”她以一种自我放纵的方式，放荡地说出了这首歌里的歌词，就算粗俗，但却对台上的伊丽莎白时代有很大的帮助。因为轮状衣领的别针松了，而且伟大的伊莱扎[1]忘记了台词。但是观众们笑得如此大声，所以无伤大雅。

---

① 伊丽莎白的昵称。

“我恐怕不在最好的思维状态。”贾尔斯伴着同一首曲调喃喃地说。歌词在脑海里浮现——他记得“一只伤痕累累的梅花鹿遭受了世界上最残酷的鄙视，瘦削的身体如同被荆棘刺中……它被逐出了欢庆，音乐变得具有讽刺意味……猫头鹰尖声叫唤，驱赶着墓地的幽灵，常春藤嘲笑他，轻轻拍打着窗玻璃……因为他们死了，而我……我……我。”他重复着，忘词了，他怒目瞪着露西姑姑，而她伸长脖子往前倾着，看得目瞪口呆，正用她瘦骨嶙峋的双手鼓掌。

他们都在笑什么？

很明显是在笑艾伯特，村里的傻子。没有必要为他准备舞台服。他来了，表现得完美无缺。他缓缓地穿过草地，好像在拖地，割草坪。

我知道山雀在哪儿筑巢，（他开始唱道）

在矮树篱里。我知道，我知道——

有什么我不知道吗？

你们所有的秘密，女士们，

还有你们的，男士们……

他一路在前排的观众面前又蹦又跳，依次向他们抛媚眼。这会儿他正在拽伊莱扎的裙子，她拍了一下他的耳朵，他捏了一下她的背，他非常享受这一切。

“艾伯特一生中最快乐的时光。”巴塞罗缪咕哝着。

“希望他不会发作。”露西低声说。

“我知道……我知道……”艾伯特一边傻笑，一边围着肥皂盒又蹦又跳。

“村里的傻子。” 一个强壮的黑人女士——埃尔姆赫斯特太太悄声说。她来自十英里以外的村庄，他们那儿也有一个傻子。这可不好，假如他突然做出什么糟糕的事情呢？他在那儿拉扯女王的裙子。她用手半遮掩住眼睛，万一他真做出什么糟糕的事情呢？

蹦蹦，跳跳，（艾伯特继续唱道）

从窗进，从门出，

那只小鸟听到了什么？（他用手指吹口哨）

看！有一只老鼠……

（他看起来像在草丛里追赶老鼠）

现在钟声敲响了！

（他站直了，鼓起双颊像在吹一个蒲公英时钟）

一、二、三、四……

然后他匆匆离开，好像他的戏份已经结束。

“很高兴这场戏结束了。”埃尔姆赫斯特太太边说，边把手拿开露出脸来。“接下来是什么？会是什么场景呢？”

帮佣们手持栏杆，快速地从灌木丛里跑出来，用纸糊的隔板做城墙，圈住了女王的宝座，他们还在地上撒满了灯芯草。之前在后台庄严行进和吟唱的朝圣者们，这会儿聚集在肥皂盒上的伊莱扎身边，仿佛要扮演一场戏里的观众。

他们要在伊丽莎白女王面前演一场戏吗？这个或许是环球剧场[①]？

---

① 环球剧场位于英国伦敦，最初由莎士比亚所在宫廷大臣剧团于1599年建造，1613年毁于火灾。1997年，现代仿造的环球剧场落成。

“节目单上怎么说的？” 赫伯特·温思罗普太太问道，并往上举了举她的长柄眼镜。

她咕哝着浏览了一下节目单。是的，这是一场戏中的一个场景。

“关于一个假公爵和一个女扮男装的公主的故事。长期失联的继承人原来就是那个乞丐，他脸颊上的一颗痣道出了实情。还有卡琳西亚——也就是公爵的女儿，只是她在一个洞穴中走丢了——爱上了费迪南多，费迪南多还是个男婴的时候被一个丑陋的老太婆放在一个篮子里。最后他们结婚了。我想大概的剧情是这样。”她说着，从节目单上抬起头来。

“戏剧开演。”伟大的伊莱扎发出命令。一个丑陋的老太婆蹒跚着向前走来。

（“来自终点宅的奥特太太。”有人低声说。）

她坐在一个包装箱上，做出一些动作，先是抚平她蓬乱的头发，然后左右摇晃，好像她是一个坐在炉子旁边又脏又丑的老太婆。

（“这个丑老太婆救了合法继承人的性命。” 温思罗普太太解释说。）

那是个冬天的夜晚（她发出低沉嘶哑的声音）

我记得，现在对我来说不论夏天或冬天都一样。

你说阳光照耀？我信你，先生。

“噢，但是现在是冬天，外面大雾弥漫”

对埃尔斯佩思来说，夏天或冬天，

都是在炉边，在炉边的角落里，向她的念珠诉说。

我有理由向它们诉说

每一个念珠（她用大拇指和食指拿起一颗念珠）

代表一桩罪恶

那是个冬天的夜晚，在鸡叫之前，

然而在他离开我之前鸡的确是叫了——

那个人用头巾遮住脸，双手沾着鲜血，

还有篮子里的孩子。

“嘻嘻！”他发出婴儿般的声音，好像在说“我要玩具”

可怜的小鬼头！

“嘻嘻，嘻嘻！”我不能杀他！

因此，圣母玛利亚请原谅我

在鸡叫之前犯下的罪过！

黎明时分我悄悄来到小溪边，

那儿有海鸥盘旋，白鹭屹立

像一个沼泽边缘的木桩……

是谁？

（三个年轻人昂首阔步走上舞台，用威胁的口气对她说）

——“先生们，你们是来折磨我的吗？”

这只手臂上几乎没什么血，

（她从破烂的衣裙里伸出瘦骨嶙峋的手臂）

请圣人们保我周全！

她大叫，他们也大叫，所有人一起大叫。声音如此之大，很难辨别他们在说什么，但听起来显然是：“她是否记得二十年前把一个摇篮里的婴儿藏在灯芯草丛间的事情？一个放在篮子里的婴儿，丑老太婆！一个放在篮子里的婴儿？”他们大叫。“狂风咆哮，鸬鹚尖叫。”她回应。

“这只手臂上几乎没有什么血。”伊莎贝拉重复说。

她听到的就这些。台上的情况如此混乱，老妇人的耳聋和年轻人的大叫是何用意，还有她一点也看不懂的混乱的情节。

情节重要吗？她扭动身体往右后方看过去。情节只是为了引发情感，而世上只有两种情感——爱和恨。没有必要为情节迷惑不解，或许拉特鲁布女士设置这一快刀斩乱麻的情节就是那个意思。

别因情节而烦恼，情节什么都不是。

然而剧情怎样了？王子来了。

王子卷起他的袖子，丑老太婆认出了他脸上的那颗痣，吃惊地退到椅子里，大声尖叫：

我的孩子！我的孩子！

接下来是相认。年轻的王子（艾伯特·佩里饰）在丑老太婆的怀里几乎要窒息了。然后他突然挣脱了拥抱。

“快看那儿，她来了！”他叫道。

他们都往那个方向看过去——西尔维娅·爱德华兹穿着白色的丝缎裙子出场了。

谁来了？伊莎看了看。夜莺的歌声？黑夜黑色眼睛里的珍珠？惹人怜爱。

所有手臂都举起来了，所有人都盯着看。

“嘿，亲爱的卡琳西亚！”王子跟她打招呼，把帽子拿在手中挥舞。她抬起头，回应他：

我的爱人！我的殿下！

“这就够了，够了，够了。”伊莎重复着。

接下来都是冗词、赘语。

此时由于前面的场景演完了，丑老太婆重重地坐回到椅子里，念珠垂挂在她的手指上。

快看那边的老太婆——老埃尔斯佩思病了！

（他们围过来）

她死了，先生们！

她躺下去就没有生命了。人群散开。让她安息吧。对她来说现在夏天或冬天都一样了。

平静安息是第三种情感，爱、恨、平静，这三种情感构成了人生的层次。现在牧师走上前来做赐福祈祷。棉花做的假胡子使他说的话听起来不是很清楚。

从生活这一团乱麻中，释放她的双手

（他们松开了她的双手）

她犯过的错，从此不用再记起。

呼叫知更鸟和鹪鹩。

往你深红色的柩衣上撒上玫瑰。

（花瓣从柳条编织篮里撒落）

盖住尸体。安息吧。

（他们盖住了尸体）

对你们，美丽的人儿（他转向幸福的小情侣）

愿上帝赐福予你们！

在嫉妒的太阳升起来之前赶快离开

夜晚的帷幕拉开了，音乐响起来

天堂的自由之风会带你们进入梦乡！

领舞！

留声机发出刺耳的声音。公爵、牧师、牧羊人、朝圣者和男佣手牵着手跳起舞来。傻子在人群中跳进跳出。手拉手，头碰头，他们围着伊丽莎白时代的这个高贵的女王跳舞，女王由站在肥皂盒上的克拉克太太扮演，而克拉克太太获准出售烟草。

混乱的人群，混杂的音乐，对威廉来说，这是令人神往的场景：斑杂的光线和阴影落在那些穿着单薄、色彩鲜艳的衣服的演员身上，他们跳跃、摇晃、摆动双腿和双臂。他一直鼓掌直到把手拍疼才停下来。

曼雷萨太太也大声鼓掌。从某种角度来说，她就是女王，而他（贾尔斯）是傲慢的英雄。

“太棒了！太棒了！”她大声叫道，她的热情使得那个傲慢的英雄在座位上紧张地扭动。那个坐在轮椅上的很有名的太太，她与当地贵族的婚姻因为他毫无价值的头衔而毁灭，他的姓氏在现在这个教堂还是一片荆棘和野蔷薇丛生的荒地时就已经存在了——她如此具有原住居民的特色，所以即使因为关节炎而残疾，她的身体仍然像一个粗野的、喜欢夜间活动的动物（现已几近灭绝）——她大声地鼓掌和欢笑——像受到惊吓的松鸦突然大笑。

“哈哈哈！”她一边笑一边紧紧抓住椅子的把手。她双手扭曲，没戴手套。

五朔节[①]的庆祝、五朔节的庆祝，他们大喊。蹦蹦跳跳，环绕转圈，五朔节的庆祝、五朔节的庆祝……

歌词是什么不重要，谁唱了什么也不重要。他们不停地旋转，陶醉在音乐声中。然后，树后的拉特鲁布女士给出一个手势，舞蹈停止了，一个队列形成了。伟大的伊莱扎从肥皂盒上走下来，女王手握裙子，迈着大步，被公爵和王子环绕，身后跟着手牵手的恋人，傻子艾伯特在人堆

---

① 五朔节是欧洲传统民间节日，用以祭祀树神、谷物神、庆祝农业收获及春天的来临。最早起源于古代东方，后传至欧洲，每年5月1日举行。

里钻进钻出，队伍最后是棺材架上的尸体，伊丽莎白的时代过去了。

“可恶！该死！下地狱吧！” 怒气冲冲的拉特鲁布女士的脚趾踢到了树桩上。她就栽在这儿，到这儿是幕间休息。她在小屋写这些杂乱内容的时候，她已经答应在这个地方切剧。她是观众的奴隶，屈服于桑兹太太对于茶歇和晚餐的抱怨，她便忍痛割爱在这里结束。正如她已经酝酿好的情绪，此刻全部倾泻出来。所以她示意：菲利斯！一经召唤，菲利斯便再次站上了舞台中央的垫子。

乡绅们和乡民们，大家好（她大声说）
我们的表演完毕，这一幕已经结束。
老太婆和年轻恋人的日子过去了。
花蕾绽放了，花儿凋落了。
但是很快将是另一个黎明。
作为时间的孩子，我们异常渺小
但它安排好了一切，你们会看到的，
你们会看到的……

她的声音渐渐消失，没有人在听，观众们低着头，看到节目单上写着“幕间休息”。她的台词被削减了，扩音器用简明的英语宣布：“幕间休息。”半个小时的下午茶时间。然后留声机开始播放响亮的音乐：

全副武装对抗命运

英勇的罗德里克

无所畏惧果敢坚毅

信心坚定慷慨激昂……

听到音乐，观众们开始骚动。一些人轻快地站起来，其他人则弯下腰去取拐杖、帽子和手袋。就在观众们起身转身的工夫，音乐也换调了。它反复有节奏地咏唱：我们解散了。像一首悲歌：我们解散了。像一首悼念曲：我们解散了。伴着音乐，他们蜂拥散开，给草地点缀上了斑斓的色彩，穿过草坪，走上小路：我们解散了。

曼雷萨太太喜欢上了这个旋律。我们解散了。“自由大胆，无所畏惧”（她把折叠椅推开）。“男孩女孩们”（她朝身后瞥了一眼，但是贾尔斯已经转过身去）。“跟上，跟上，跟上我……噢，帕克先生，很高兴在这儿见到你！我要去用茶点了！”

“我们解散了，”伊莎跟着她，哼着曲调，“都结束了。波浪退去，将我们搁浅，孤立无援。只身一人，困于碎石滩上。情感的三个层次也破碎了……跟上人群吧。”（她把椅子往后推了推……穿灰色衣服的男人在冬青树边的人群中消失了）“跟着那个老娼妇，”（她是指前面曼雷萨太太结实、花哨的外形）“去用茶点。”

道奇仍留在原地。他喃喃自语：“我是走还是留？悄悄溜去别的地方？或者跟随、跟随、跟随这散去的人群？”

“我们解散了”，歌声似哭声，“我们解散了”，在流动的人潮中，贾尔斯像根柱子一样留在原地。

“跟随？”他把椅子往后一踢。“跟随谁？去哪里？”

他穿浅色网球运动鞋的脚踢在木头上。“哪儿也不去，哪里都不去。”他一动不动地站在原地。

科布斯康纳宅的科贝特一个人坐在猴谜树[1]下，他站起身低声抱怨说：“她脑子里想什么呢？是什么样的想法？是什么使她赋予古代的故事这样的魅力——这种虚假的魅力，还让他们爬呀爬，爬上这颗猴谜树？”

“我们解散了”，歌声变成了哀嚎，“我们解散了”。他转过身慢慢地跟在散去的人群后走着。

露西从座位底下取回手袋，冲她哥哥尖声叫道：

“巴特，亲爱的，跟我一起……还记得我们是孩子的时候在婴儿室演的戏吗？”

他记得，那个游戏叫“红色印第安人”，道具是包裹在卵石花纹纸里的芦苇字条。

“但是对我们来说，我的老辛迪，”他捡起帽子，“游

---

① 猴谜树（monkey puzzle tree）是智利的国树，学名为智利南洋杉（*Araucaria araucana*）。据说1834年，在英国康沃尔举办的一次植物种植仪式上，一位受邀的宾客发现智利南洋杉的枝条和树干上长满了利刺般的叶子，不禁感叹道：即便是猴子，爬上这种形状奇特的树也是一个难题（would be a puzzle for a monkey to climb），后来，“猴谜树”就成了它的俗名。

戏结束了。”他的意思是，与之相伴的那些光辉，获得的关注和手鼓的节拍都逝去了。她挽着他伸出的手臂，俩人一起漫步离开。那个记者佩奇先生，记录说这是“斯威森太太和巴塞罗缪·奥利弗先生”。然后他转过身，又记录下“哈斯利普庄园的哈斯利普女士”。据他观察，这位坐轮椅的老年女士已由她的男仆推着跟在队伍后面。

伴随着灌木丛里留声机播放的告别音乐，观众们离开了。“解散了”，歌声哭诉着，“我们解散了”。

于是拉特鲁布女士从藏身之处出来了。人群在草地上和碎石路上流动、涌动，有那么一会儿，她还是将他们聚集在一起了——这四散开去的人群。有二十五分钟时间，难道她没让他们意识到吗？这其中蕴含的一个想法是：从痛苦中解脱……哪怕是一会儿……一会儿。音乐在播放完最后一个词语（我们）解散了后就消失了。她听到微风沙沙吹过树枝的声音，她看到贾尔斯·奥利弗背对着其他观众，科布斯康纳宅的科贝特也背对着观众。她没有让他们明白。这是一场失败，又一场该死的失败！如同平常，她把想法暂时放到一边，转身大步朝演员们走去，他们在地势低洼的灌木丛里换装，那儿的蝴蝶们欢快地吮吸着锡箔纸做成的宝剑，那儿放在阴暗处的抹布像一摊黄色的液体。

科贝特拿出手表一看，离七点还有三个小时，那么去给植物花卉浇点水吧。他转身离去。

贾尔斯把他的折叠椅放好后，也转身走了，是朝另一个方向走的。他抄了一条小路从田间去谷仓。在这干旱的夏季，田间小路上都铺满了像砖块一样硬的石子。他踢了一颗黄色的硬石头，一颗锋利的石头，边缘像是被野蛮人打磨过，像利剑一样锋利。那是一颗野蛮时代的石头、一颗史前的石头。踢石头是孩子们的游戏，但他还记得那些规则。根据游戏规则，一颗石头，且是同一颗石头，必须被踢进球门。球门可以是一张门或一棵树。他一个人玩着，以谷仓门作为球门，踢十次。第一脚踢的是曼雷萨（欲望），第二脚踢的是道奇（变态），第三脚踢的是他自己（懦弱），第四脚、第五脚和其他几脚也都是踢他的懦弱。

踢了十下他进球了。草地上躺着的，那个盘成橄榄绿圆环的是一条蛇。死了吗？没有，只是它嘴里卡着一只蟾蜍。蛇没有办法下咽，蟾蜍也没法善终。一阵痉挛使蟾蜍的肋骨开始收缩，鲜血渗透出来。这是一场反向的分娩——是一种畸形的错位。于是，他抬起脚，踩在它们身上。卡着的那一团被踩碎了，滑了出来。白色帆布的网球鞋上沾满了黏糊糊的鲜血。这是他的发泄动作，发泄使他得到解脱。鞋上带着血迹，他大步朝谷仓走去。

谷仓，高贵的谷仓，七百多年以前就建造起来的谷仓，让一些人想起一座古希腊的神庙，让另一些人想起中世纪，大部分人想起一个比自己时代更长远的年代，但它却几乎不会让任何人想起现在，里面空无一人。

大门敞开着。一束光线像一面黄色的旗帜从屋顶斜射到地面，用加冕礼上剩下的纸玫瑰做成的花彩装饰从屋梁上垂下来。谷仓里有一张长桌，上面放着一个茶罐，一些盘子、杯子、蛋糕、面包和黄油，从一头摆到了另一头。谷仓里没有人，老鼠们悄悄地从洞里钻进钻出，或者站直身子小口小口地噬咬东西，燕子们正忙于在屋梁上的巢穴里捡拾干草，无数只甲虫和各种各样的昆虫在干木头上打洞，一只流浪的母狗把堆放麻袋的黑暗角落变成了幼犬们休息的场所。所有这些动物的眼睛，不论是睁大的，还是眯着的，有些适应了光线，其他的适应了黑暗，它们从不同的角度和边缘张望着。细微的噬咬声和沙沙声打破了寂静。食物香甜可口的气味弥漫在空气里。一只绿头苍蝇落在蛋糕上，将头上的短触角刺进蛋糕的黄色脆皮里；一只蝴蝶在一个阳光照射下的黄色盘子里舒舒服服地晒着太阳。

但是桑兹太太来了。她从人群中挤出来，越过转角，看到了谷仓敞开的大门。不过她从来看不到蝴蝶，老鼠对她来说也只不过是厨房抽屉里的小黑球；而飞蛾，她会一把抓在手里往窗外扔；母狗们只会让她想起举止失当的年轻女佣。若是有一只猫，她应该就看到了——不管什么样的猫，哪怕是一只尾部有兽疥癣的饿猫，也能打开她这没有孩子的人的情感闸门，但是这儿没有什么猫，谷仓里空无一人。她希望能赶在人群到来之前，先到达谷仓准备甜点和茶水，于是她一阵狂奔，气喘吁吁地来到了谷仓。蝴蝶和绿头苍蝇飞走了。

跟她一起飞奔而来的还有一群仆人和帮手，他们是大卫、约翰、艾琳和洛伊斯。水烧开了，水蒸气冒出来了，蛋糕也切好了。燕子从一个屋梁俯冲到另一个屋梁。人群进来了。

“这个精致的旧谷仓……”曼雷萨太太说着，停在了门口。她不能抢在村民的前面，那就静静地站着欣赏谷仓的美丽吧，然后让其他人先进去，自己则在一旁凝望。

“我们在莱索姆也有一个，和这个很像。”帕克太太说，她也因为同样的原因停下脚步，“又或许没有这么大。”她又说道。

村民们踌躇不前，犹豫了一下，三三两两地走了过去。

“还有精美的装饰……”曼雷萨太太说，她环顾四周，想找一个人向其诉说她的赞美。她站在那里微笑着、等待着。斯威森太太进来了，她也在凝望，但不是对着谷仓的装饰，很明显是对着燕子。

“它们每年都会来，”她说，“都是同一群燕子。”曼雷萨太太友善地笑笑，迁就这位老太太奇异的想法，她可不觉得每年都是同一群鸟。

“我猜这些装饰是加冕礼上留下来的。”帕克太太说，“我们也庆祝了，我们建了一个乡村大厅。”

曼雷萨太太大笑，她想起了什么。一件逸闻趣事到了她嘴边，为了庆祝加冕典礼，有个镇建了一个公共厕所，镇长如何……她可以讲这个故事吗？不可以。那个凝视着燕子出神的老太太看起来太优雅。“幼雅”——曼雷萨太太修改了这个词，使其更符合自己的风格，这也证明她十分赞同自己野孩子般的特质，认为自己的天性无论如何“就是人类的天性”。所以从某种角度来说她可以不去管老太太的“幼雅”和男孩们的嬉闹——那个好人贾尔斯去哪儿了？她看不到他，也看不到比尔。村民还是不敢往前，得有人让茶会开动起来。

“好吧，我真想喝茶了！”她以在公共场合发言的语气说着，大踏步走上前，拿起一个厚瓷杯。桑兹太太当然会把优先权给贵族中的一个，于是她马上就给曼雷萨倒满了茶，大卫给她递了块蛋糕。她是第一个喝茶，第一个吃蛋糕的人，村民们还在犹豫，“这就是我所看到的民主。”她最后总结说。于是帕克太太也拿起了她的杯子。人们看着她们。由她们带头，其他人也都开始吃起来。

“多香醇的茶呀！”每个人都赞叹，而实际上茶点的味道令人作呕，水中像有铁锈，而蛋糕上沾有蝇卵，但是他们有参加社交活动的责任。

“它们每年都来，”斯威森太太说着，她没意识到自己在和空气说话，“来自非洲。”她推测，它们最初来的时候谷仓这里还是一片沼泽。

谷仓里挤满了人。各种气味四起，同时充斥着瓷杯碰撞的声音、人们聊天的声音。伊莎被挤到了桌子旁。

“我们解散了。”她轻声地自言自语，伸出杯子让人倒茶。她端着茶，“我还是离开吧。”她还在自言自语，转过身落寞地看着周围，“远离这些瓷器一样的脸庞，他们眼神呆滞，面无表情。沿着那条通往榛树和山楂树下的小道，离开这儿，直到我来到许愿井，洗衣女工的小男孩往里边——”她往茶里扔了两块糖，“扔了一个别针。他得到了他想要的马，据说是这样。但是我该向许愿井许下什么愿望呢？”她往四周看去。她看不到穿灰色衣服的男人，也就是那个乡绅，也看不到她认识的任何人。“希望许愿井里的水能够掩盖我。”她加了一句。

瓷器碰撞和聊天的噪音淹没了她的喃喃自语。“要加糖吗？”他们在说。“只要一点牛奶？你呢？”“我喜欢喝不加牛奶或糖的茶。”“有点太浓了？我给你加点水吧。”

“那正是我想要的，”伊莎继续说，“我投下别针时想要的就是水、水……”

“不得不说，”有声音在她背后响起，“国王和王后很勇敢，据说他们要去印度，她看起来是多么可亲的一个人啊，有个我认识的人说他的头发……”

“对了，”伊莎若有所思地说，“落叶的时候，枯萎的树叶会落到水上吗？我会介意不再去看山楂树或榛树吗？不再去听鹡鸟颤抖的鸣唱，或者不再去看黄色啄木鸟像在空气的浪尖上掠过一样俯冲和下潜吗？”

她正看着庆祝加冕礼上剩下的淡黄色花彩装饰物。

“我认为他们说的是加拿大，而不是印度。”她身后的声音说。另一个声音回应说：“你相信报纸上所说的吗？比如说，关于温莎公爵的报道。他的飞机降落在南部海岸地区。玛丽王后见了他。她此前一直在买家具——那是事实。报纸说她见了他……”

“独自一人，待在树下，枯萎的树一整天都在喃喃念叨着大海，听着骑士骑马奔驰而过的声音……”

伊莎补充完整了这句话，然后她吃了一惊，威廉·道奇不知不觉地站在了她身边。

他笑了，她也笑了。他们是同谋者，每个人都哼唱着一首自己叔叔教的歌。

“刚才的戏剧，”她说，“它一直在我脑海里回响。”

“嘿，亲爱的卡琳西亚、我的爱人、我的生命。”他引用剧中的台词道。

“我的大人、我的君主。”她讽刺性地行了鞠躬礼。

她长得很漂亮，他不想以茶罐为背景看她，而是想在马蹄莲或葡萄藤旁边看她清澈透绿的双眼和圆润的身材，她脖子粗壮如一根圆柱。他希望她会说：“来吧，我带你去看花房、猪圈或马厩。”但是她什么也没说，他们站在那儿手握杯子，回想着戏剧。突然他看到她的脸色变了，好像换了身衣服。一个小男孩艰难地在人群中挤来挤去，他像盲人游泳一样一会儿撞到人家的裙子，一会儿踩到人家的裤子。

“在这儿！”她叫了一声，举起了手。

小男孩径直朝她奔过来。显然，他是她的小男孩，她的儿子，她的乔治。她给了他一块蛋糕和一杯牛奶。然后保姆跟上来了。突然她好像又换了一身衣服。这次从她眼里的神情来看明显是件束身衣，让她倍感压抑。那个身穿带有黄铜纽扣的蓝色夹克的年轻人，头发浓密，帅气阳刚，站在一束尘土飞扬的光束里，他便是她丈夫，她是他妻子。据道奇午餐时观察到的，他们的关系就像小说里人们常说的那样“很紧张”。如他在刚才看戏的时候所注意到的那样，她裸露的手臂紧张地伸到肩膀处，然后转过身去——是在找谁呢？但是他就在这儿，这个身材健壮、头发浓密、帅气阳刚的男人使道奇陷入一种无法分神的情绪之中。他忘了她在花房葡萄架下看起来会是什么样子。他就盯着贾尔斯看，看了又看。贾尔斯把脸转向一边站在那里，他在想谁呢？不是伊莎，是曼雷萨太太吗？

曼雷萨太太走到谷仓中间的位置，大口喝完了杯里的茶。她在心里寻思着，我怎么才能摆脱帕克太太呢？虽然她们都属于同一个阶层，但这个阶层里和她同一性别的人却让她厌倦！也不是像厨子、小店主和农民的妻子这样的下层人，也不是像贵族夫人和女伯爵这样的上层人士，却是与她同一阶层的女人让她觉得了无趣味。所以她突然离开了帕克太太。

“噢，穆尔太太，”她朝管家的妻子打招呼，“你觉得表演怎么样？你的宝贝又怎么看呢？”说着她还捏了一下宝宝。“我觉得不逊于我在伦敦看过的任何戏剧表演……但是我们不能被他们打败，我们也打算在自己村里举办一个戏剧表演，在我们的谷仓里，我们要向他们展示（她偷偷冲桌子使了个眼色，这么多买来的蛋糕，而自己做的这么少），我们怎么做这些。”

曼雷萨太太一边讲笑话，一边转过身去，她看到了贾尔斯，看着他的眼睛，挥动着手臂，示意他进来。他过来了，她低头一看，他的鞋子怎么了？上面染上了血。她隐约觉得很荣幸，认为他是为了获得她的赞美而表现出英勇，即使是隐约觉得也很甜蜜。他跟在她身后，她心里想着：我是女王，他是我的英雄，我闷闷不乐的英雄。

“那是尼尔太太！”她大声喊道，“尼尔太太，您真是位完美杰出的女性！尼尔太太管理我们的邮局，她能进行心算，是不是，尼尔太太？二十五张半便士的邮票，两小包贴好邮票的信封和一包明信片——一共是多少钱，尼尔太太？”

尼尔太太大笑起来，曼雷萨太太也大笑起来了，贾尔斯也微微笑了笑，并低头看了看他的鞋子。

她带他在谷仓穿梭，在人群中进进出出，从一个人面前来到另一个人面前，所有人她都认识，每个人都是十足的好人。不，她不允许出现任何瑕疵，一会儿也不行——平森特的脚受伤了。“不，不。平森特，我们不可以拿它作为借口。”就算他不能玩保龄球，那他也可以打棒球。贾尔斯也同意。上钩的鱼儿对他和平森特来说具有同样的意义，松鸦和喜鹊也一样。只是平森特留在土地上务农，而贾尔斯谋了一份办公室的工作。仅此而已。她是个十足的好人，使他觉得自己不那么像观众，而更像个演员，跟着她在谷仓里到处走动。

然后，他们来到了靠门的尽头处，撞见了一对老人。露西和巴塞罗缪，他们坐在温莎椅上。

椅子是特意为他们准备的，桑兹太太还给他们送了茶水过来。如果坚持民主原则让他们和大家一起站在桌子边喝茶，会引起更多的麻烦，也不会有太大的意义。

“燕子呀。”露西一边说，一边端着茶杯看着那些鸟儿。受到人群的刺激，它们从一个屋梁飞跃到另一个屋梁。它们穿过非洲，穿过法国来到这儿筑巢，年复一年地来到这里。就像那天早上她在《历史纲要》里读到的那样，在海峡出现之前，当温莎椅现在所处的这片土地还是杜鹃花的海洋时，当蜂鸟在贯月忍冬花瓣上微微颤抖时，燕子就来了……这时巴特站起身来。

但是曼雷萨太太坚决拒绝坐他的椅子。“你坐吧，你坐吧，”她把巴特按坐在椅子上，“我蹲在地上。”她蹲下了，闷闷不乐的骑士仍然站在她身边。

“你怎么看这出戏剧？”她问。

巴塞罗缪看着他儿子。他儿子保持沉默。

“你呢，斯威森太太？”曼雷萨太太催促老太太。

露西小声咕哝了一句，看着燕子。

“我希望你们可以告诉我，”曼雷萨太太说，“这是一部老剧，还是一部新剧？”

没人回答。

“看啊！”露西大叫。

“是鸟吗？”曼雷萨太太说着，抬起头来看。

有只鸟嘴里含着干草，那根草掉下来了。

露西拍起手来，贾尔斯转身走了。露西又如往常一样嘲笑他，大笑起来。

“要走了？”巴塞罗缪说，“下一场开始了吗？”

他用力使自己从椅子上站起来，不顾曼雷萨太太和露西，迈步走开了。

“燕子，我妹妹，噢，燕子妹妹。”他小声嘀咕着，一边用手摸索着烟盒，一边跟在他儿子身后走了。

曼雷萨太太被惹恼了。她蹲在地上是为了什么？她的魅力都褪去了吗？两个人都走了。但是，她是个雷厉风行的女人，被男性离弃之后，她可不打算忍受这位“幼稚”老太太的无聊烦闷，那简直是折磨。她使劲站起来，双手整理了一下头发，好像她也必须要走了，虽然并不是这么回事儿，而她的头发也非常整洁。角落里的科贝特看穿了她的小伎俩，他在东方熟知了人类的本性，而西方人也一样。花卉们还完好无损——香石竹、百日菊和天竺葵。他不自觉地看了一下表，注意到七点该去浇花，然后他便观察那个女人尾随贾尔斯去桌边的小伎俩，这在西方和东方都是一样的。

威廉待在长桌边，这会儿专属于帕克太太和伊莎，他看到贾尔斯走近了。全副武装英勇善战，无所畏惧果敢坚毅，信心坚定慷慨激昂——那首流行的进行曲在他脑海中响起。英雄越走越近了，威廉左手的手指偷偷握紧成了拳头。

帕克太太正低声向伊莎谴责村里的傻子。

“噢，那个恐怖的傻子！”她说，但是伊莎一动不动地看着自己的丈夫。她能感觉到曼雷萨太太跟在他身后，她似乎能够听到天黑以后卧室里他一如平常的解释。他的不忠一点儿影响都没有——而她的不忠却会有很大的影响。

“那个傻子？”威廉替她回答帕克太太，“让他参演是个惯例。”

“那当然，”帕克太太说，然后跟贾尔斯说那个傻子让她感觉多么不寒而栗，“我们村也有一个，奥利弗先生，我们确实（比他们）更文明吧？”

“我们？”贾尔斯说，“我们？”他马上看着威廉。他不知道他的名字，却知道他的左手在做什么。有点幸运的是——他可以鄙视他，而不用鄙视自己。他也可以鄙视帕克太太，但不包括伊莎——不包括他的妻子。她没有跟他说话，一个字儿也没说，也没有看他。

“当然，”帕克太太说，依次看着他们，“我们肯定更文明吧？”

然后贾尔斯采用了一个策略，在伊莎看来就是他的小伎俩，他闭口不言，眉头紧锁，那姿势看起来好像他承受了全世界的烦恼和痛苦，为了挣钱给她花。

“不，”伊莎说，她使用了最直白的语言来表达，“我不欣赏你，”她看的不是他的脸，而是他的脚，“像个靴子上弄了血迹的傻男孩。”

贾尔斯动了动脚。那她欣赏的是谁呢？不是道奇。这一点他可以肯定，还会有谁呢？他认识的某个男人，肯定是谷仓里的某个男人。哪个男人呢？他看了看周围。

牧师斯特里特菲尔德先生打断了这一切。他手里拿着杯子。

“所以我只能用心与大家握手！”他大声说，点了点他那帅气、灰白的头，小心地放下了手中的杯子。

帕克太太抓住机会赞扬他。

“斯特里特菲尔德先生！”她呼喊道，“你这么辛苦而我们却站在这儿闲聊！”

“想去看花房吗？”伊莎突然转身对威廉·道奇说。

哦，现在不行，他真想叫出来。但又不得不跟着，留下贾尔斯去欢迎朝这边走近的曼雷萨太太，曼雷萨太太已经完全束缚住了贾尔斯。

路很窄。伊莎走在前面，她身材宽大，几乎占据了整条路，她走路时稍有点摇晃，并时不时从树篱上摘下一片叶子。

“那就飞吧，”她哼唱道，“追随雪松林里奔跑的斑驳鹿群，与红色的獐鹿一起，与雄鹿和母鹿一起。飞奔，远离。我伤心地留下，独自逗留，我摘下教堂墓地里断壁残垣旁的红色百金花，在拇指和食指之间捻压它的酸爽、香甜，一片酸涩的、长长的灰色叶子……”

她扔掉刚刚路过时在路边摘下的细长条铁线莲，踢开了花房的门。道奇落在她后边，她等着他，她从一块木板上拿起了一把刀。他看到她站在一块绿色玻璃、一棵无花果树和蓝色的绣球花旁边，手里拿着刀。

伊莎喃喃自语：“她大喊，从怀中雪白的剑鞘里拔出熠熠生辉的宝剑。‘看剑！’她喊道。攻击，‘不忠的人！’她大喊。刀也一样不忠！它碎了，我的心也碎了。”她说。

他走上前来，她嘲讽地笑笑。

“我不希望戏剧一直在我脑海里上演。”她说，说完她在葡萄架下的一块木板上坐下。他坐在她身边，头顶的葡萄还是绿色的小凸起，叶子又黄又薄，就像鸟爪子之间的蹼。

“还是刚刚的戏剧吗？”他问。她点点头。“那个是你儿子，”他说，“谷仓里的那个？”

她告诉他，自己还有个女儿，还躺在摇篮里。

“你呢——结婚了吗？”她问。从她说话的语气他知道她猜出来了，因为女人总是能猜出所有事情。他们马上明白没什么可害怕的，也没什么可希望的。一开始他们讨厌像雕塑一样待在花房里，现在他们反而喜欢这样了。因为这样一来他们就可以像她这会儿正在做的那样，说出任何心里想说的话，也可以递给他一朵花儿，而她已经给他递了一朵花儿。

“这个给你插在纽扣孔里，……先生。”她说着，递给他一枝香气溢鼻的小天竺葵。

“我叫威廉。”他说，他接过毛茸茸的花枝，捏在拇指和食指之间。

“我叫伊莎。”她回答。然后他们像自小就认识一样地交谈起来，她说她觉得很奇怪，人们也总是会这样觉得，因为她认识他可能才一个小时。可是，难道他们不是同谋吗，不都是隐秘脸庞的追寻者吗？承认了这一点，她停下来思考，人们也总是会这样思考，为什么他们可以这么坦诚地彼此交谈？然后她又想，可能因为我们之前从未见过面，而且以后也不会再见面了。

“猝死的命运笼罩在我们心头，”他说，“进退两难，举步维艰”——他想起了带他看宅子的老太太——“对我们和对他们都一样。”

未来的阴影投射到现在的时刻，像阳光穿过脉络丰富的透明葡萄叶，形成一些纵横交错的线，不构成任何图案。

他们没有关上花房的门，这会儿音乐飘了进来。A.B.C., A.B.C., A.B.C.——有人在练习音阶。C.A.T. C.A.T. C.A.T……分开的字母合成一个单词“Cat”（猫）其他歌词也跟着出来了。那是一首简单的曲调，像一首童谣——

国王在账房，
数着他的钱币，
王后在客厅，
吃着面包和蜂蜜。

他们聆听着。另一个声音，第三个声音，在说着什么简单的内容。他们坐在花房里的木板上，头顶是葡萄藤，听着不知道是拉特鲁布女士还是谁在那练音阶。

老巴塞罗缪找不到他儿子，他们在人群中走散了，于是他离开谷仓，回到自己的房间，手里拿着雪茄烟，嘴里念念有词：

噢，燕子妹妹，噢，燕子妹妹，

你的心怎么能充满着春天的气息？

“我的心怎么能充满着春天的气息？”他站在书架前大声地说。书籍是永生的灵魂所珍视的命脉，诗人是人类的立法者，毫无疑问，事实如此。但是贾尔斯不幸福。“我的心怎么，我的心怎么，”他重复着，又吸了一口雪茄，“在生活的炼狱里劳苦受刑，孑然一身、痛苦不幸……”他双手叉腰，站在他作为乡绅的私人藏书前：《加里波第》《威灵顿》《水利官员报告》，还有《希伯特之马的疾病论》。这些是思想上获得的伟大丰收，但是所有的这些和他的儿子比起来，就什么都不是了。

“有什么用？有什么用？”他躺到椅子里自言自语，

“噢，燕子妹妹，噢，燕子妹妹，唱着自己的歌儿又有什么用？”一直跟在他身后的猎犬，这会儿趴在他脚边的地板上，肚子一收一鼓，长鼻子搭在爪子上，鼻孔周围有一小片泡沫，它就趴在那儿，他的阿富汗猎犬，他所熟悉的勇猛精神。

门摇晃了一下，打开了一半，这是露西进门的方式——好像不知道会发现屋里有什么一样。真的！这是她哥哥！和她哥哥的狗！她就像第一次见到他们。是因为她没有物化的身体吗？像一团空气一样处在云端，思维偶尔会因为震惊而碰触一下地面。她身上没有任何东西可以加在一个像贾尔斯这样的男人身上，让他脚踏实地。

她像鸟儿飞往非洲之前栖息在电线上一样，只坐了椅子的边缘。

“燕子，我妹妹，噢，燕子妹妹……”他喃喃地说。

窗户开着，花园里飘来有人练音阶的声音。A.B.C. A.B.C. A.B.C. 分开的字母形成了一个单词“Dog”（狗），然后是一个短语。那是一首简单的曲调，另一个声音在说：

听，听，狗儿汪汪叫

乞丐们进城来了……

接下来的调子失去了活力，变得冗长，后来又变成了华尔兹。他们一边听一边朝花园看去，树儿轻轻摇晃，鸟儿旋转飞翔，好像在呼唤他们从私人生活中走出来，放下各自的嗜好，加入人群。

爱的照射灯高高在上，

照亮了黑暗的雪松林，

爱的照射灯闪闪发光，

清澈透亮如天边的星……

老巴塞罗缪伴着音乐在膝盖上敲着手指。

离开窗扉，来吧，小姐，

我的爱至死不渝，

他讽刺地看着露西，坐在椅子边缘上的她，心里想着她之前是如何生下孩子的？

大家都在飞舞，退避和前进

飞蛾和蜻蜓飞翔……

他猜测她正在想，上帝是和平，上帝是爱。因为她是统一者，而他却是分裂者。

然后那支似乎恒久不变的曲子开始变得甜蜜甘美，却仍了无生气。唱针似乎已经在唱片上碾了个孔出来，永远在同一个位置乞求人们持久的爱慕。他不懂音乐术语，但是曲调是不是转为小调了？

这一天，这场舞蹈，这个欢欣、快乐的五月

会结束（他用食指敲击膝盖）

伴随着车轴草上剪下的插枝，在前进后退中

雨燕似乎飞离了它们预定的轨道——

会结束，结束，结束，

冰层会迸射出冰雪碎片，冬天，

噢，冬天，会让炉栅里填满灰烬，

木柴上不再有任何光热，任何光热。

他弹去了雪茄上的灰烬，站起身来。

“我们得走了，”露西说。好像他已经大声说过了，“该走了。”

观众们都在往回赶，音乐在召唤他们。小路上、草坪上，他们从各个方向奔涌而至。曼雷萨太太在队列前面引路，旁边跟着贾尔斯。她的围巾沿着肩膀，在她结实丰满的曲线上飘舞着。风变大了，她穿过草坪，往留声机播放音乐的方向走去，她看起来犹若女神，轻快活泼，丰盈富态，她的丰饶角[①]也溢出来了。紧随其后的是巴塞罗缪，他赞美

① 丰饶角又名丰饶羊角，起源于古罗马神话。其形象为装满鲜花和果物的羊角（或羊角状物），以此庆祝丰收和富饶，同时它也象征和平、仁慈与幸运。

人类身体的力量让广袤大地果实累累。贾尔斯只要有她加重在身上就不会失去轨道，她甚至唤醒了他陈旧内心的一潭死水——那里埋葬着白骨。但是在曼雷萨太太穿过草坪往留声机播放音乐的方向前进时，有蜻蜓飞来掠去，青草微微颤抖。

脚踩在碎石上，嘎吱嘎吱地响，各种声音喋喋不休。而另一个声音，即内心的声音，说：我们怎么能够否认这首从树林里飘出来的神勇音乐，表达了某种内在的和谐呢？“我们一醒来（有些人在想），这一天就狠狠地给我们当头一棒。”“办公室（有些人在想），是不平等出现的地方。四处奔波、精疲力竭、在铃声的召唤下跑来跑去。‘丁零零’电话响了。‘递送！’‘服务！’——那是商店发出的命令。”所以我们要回复，同时服从上级发布的这些糟糕透顶、需要很长时间去完成，并且永远没完没了的命令。“工作、服务、进取、奋斗、赚取工资——在这里花吗？哦，天啊，不是的。现在？不是，要到晚些时候。到人的耳朵听不到，心灵也干涸的时候再花。”

科布斯康纳宅的科贝特弯着腰——因为地上有朵花

儿——他被人们从后面推着往前走。

因为我听到了音乐，他们说，音乐唤醒了我们，音乐让我们看到隐藏的东西，让我们加入心力交瘁的人群。看吧，听吧，看花儿如何发出红色的、白色的、银色的和蓝色的光芒。听大树说出多种语言和多个音节，它们绿色和黄色的叶子推搡和拖曳着我们，像椋鸟和秃鼻乌鸦一样，命令我们聚集起来，聚到一块，来聊天作乐，与此同时，红母牛在往前移动而黑母牛站着一动不动。

观众们回到了各自的座位上，有的坐下了，有的站了一会儿，转过身去，看了一眼风景。舞台尚空，演员们还在灌木丛里换装。观众们转向彼此说起话来，他们交谈的只言片语传到了拉特鲁布女士所在的位置，她手拿剧本，藏在树后。

“他们还没准备好……我听到他们的笑声”（观众在说话），“……换装打扮，换装打扮，那是很重要的事情。现在天气很舒服，太阳没那么热了……这是战争带给我们唯一的好处——日子更长了……我们停在哪儿了？你记得吗？伊丽莎白女王的时代……如果她略去几个时代的话，或许要开始演现代了……你觉得人会变吗？他们的衣服当然会……但我是说我们自己……清理柜子时，我发现了父亲的旧大礼帽……但是我们自己——我们会变吗？”

“我不信政客们的那一套，我有个朋友去过俄罗斯，他说……我女儿，刚从罗马回来，她说咖啡馆里的普通民众痛恨独裁者……不同的人会有不同的见解……”

“你在报纸上看到了吗——那条关于狗的报道？你相信狗不能生小狗吗？……玛丽女王和温莎公爵在南部海岸地区？……你相信报纸上说的那些事吗？我问了屠夫和杂货商……斯特里特菲尔德过来了，拿着个栏杆……我说啊，他真是个好牧师，比所有人做的事情都多，拿的报酬却少……是太太们制造了麻烦……”

“犹太人怎么样了？难民们……犹太人……像我们一样的人，重新开始生活……但是情况总是一样的……我的老母亲，已经八十多岁了，还能记得……是的，她还不需要戴眼镜阅读……真让人惊叹！他们不是说，八十岁以后……他们来了……没事儿，没关系……乱丢垃圾，要罚款。但是如我丈夫所说，谁来收罚金呢？……啊，她在那儿呢，拉特鲁布女士，在那边，那棵树后面……”

而树后的拉特鲁布女士气得咬牙切齿，她把剧本揉成了一团，演员们耽误了时间。每次只要观众一拉动说话的套索，语言就被撕成了四处横飞的碎片。

“音乐！”她发出信号，“音乐！”

“‘耳朵里有个跳蚤（遭到拒绝，碰钉子）’这个表达的来源是什么？”一个声音说。

她的手不由分说地放下来，“音乐，音乐。”她做手势。

留声机开始 A.B.C., A.B.C. 试音。

国王在账房，
数着他的钱币，
王后在客厅，
吃着面包和蜂蜜……

拉特鲁布女士看着他们平静地沉浸到歌谣里，她看着他们双手交叉抱拢、脸上的表情平静下来。然后她用手势召唤，终于，梅布尔·霍普金斯最后一次抚弄了一下头饰（她的头饰先前一直给她制造麻烦），从林间大步走出来，站到了凸起的舞台上，面对观众。

所有眼睛都聚集到她身上，就像鱼儿一齐游向水中的面包屑。她是谁？她代表什么？她挺漂亮——非常漂亮。她的脸颊上了粉，粉末之下的脸庞也同样容光焕发、皮肤晶莹透亮。灰色的缎子长裙（是个床罩）用别针扣在石块一样的褶皱里，使她看起来像雕像一样壮观。她随身携带一根权杖和一个小宝球。她是英格兰吗？是安妮女王吗？她是谁？一开始她说话的声音太小，他们听到的只有

……理性占据统治地位。

老巴塞罗缪鼓起掌来。

“听！听！”他大声说，“太棒了！太棒了！”

这样一来更鼓励大胆地表达理性。

时光，倚靠在月牙形的器物上，满脸惊愕。她把从丰饶角里交换来的物品倾倒出来，混合着不同类型的矿石。远处的矿井里野蛮人挥汗如雨，用不情愿的泥土制造彩色的陶器。按照我的命令，武装好的勇士把盾放在一边，异教徒离开圣坛，上面不洁净的祭祀品还冒着热气。裂开的大地上，紫罗兰和野蔷薇，它们的花儿相互缠绕。粗心的流浪者再也不惧怕毒蛇。黄色的蜜蜂在盔状花冠上酿造蜂蜜。

她停了下来，一长队穿粗麻布衣的村民在她身后的树木间穿梭。

“挖土、掘地、耕作、播种。”他们唱着，但是风儿把歌词吹散了。

在我飘动衣裙的庇护之下（她继续唱道，伸出双手）产生了艺术。音乐为我展现了天国的和谐。按照我的命令，守财奴完好无损地上缴了财物；母亲平静地看着孩子们玩耍……孩子们玩耍……（她重复了一句，挥舞着权杖，有人从灌木丛里走出来。）

当和风睡去，天国难以驾驭的部落承认我的统治时，
就让年轻的男孩女孩们引领这场戏剧吧。

留声机播放着一首欢快的老曲子。老巴塞罗缪把双手的指尖拢在一起，曼雷萨太太理了理膝盖周围的裙子。

年轻的达蒙对辛西娅说，
趁着现在黎明，赶紧出来，
披上你天蓝色的披肩，
放下你的忧虑和担心，
和平已经来到了英格兰，
现在理性占据统治地位。
当白天蓝绿色光芒闪耀，
梦境里还有什么乐趣？
把忧虑担心抛到身后。
夜晚过去，白天来了。

“挖土、掘地，”村民们唱着，排成一条队伍在树木

间穿梭，“大地总是一个样，夏天、冬天和春天；之后又是春天和冬天；耕作、播种，吃喝、生长，时间逝去……”

风儿把歌词吹散了。

舞蹈停止了，男孩女孩们退场了，理性独自占据舞台中央。她伸开双手，裙裾飞扬，手执权杖和宝球，梅布尔·霍普金斯傲慢地站着，从观众的头顶望过去。观众们注视着她，她却无视观众。然后在她放眼凝视的时候，灌木丛里的帮手们围着她摆放了像是一个房间的三面墙，中间放了一张桌子，桌子上放了一套瓷茶具。理性站在高位上一动不动地打量着这个室内的场景，接下来是一会儿停顿。

“我想，这应该是另一场剧的一个场景吧。”埃尔姆赫斯特太太说着，看了一下她的节目单。为了使耳聋的丈夫听到，她大声地读了出来：“戏剧的名字叫《有遗嘱者事竟成》[1]。演员包括……”她继续大声读道：“哈比[2]·哈

① 原文为“Where there's a Will, there's a Way”。因“will”一词既有“毅力、意志”之意，也有“遗嘱”之意，而书中这一幕涉及遗嘱，所以将约定俗成的“有志者事竟成”译为“有遗嘱者事竟成”。

② Harpy 含残忍贪婪之意。

拉登女士，爱上了斯班尼尔[1]·丽里利弗爵士，德布是哈拉登女士的女仆，弗拉文达是她侄女，爱上了瓦伦丁；斯班尼尔·丽里利弗爵士爱上了弗拉文达；斯莫金爵士[2]，是个牧师；弗里保尔[3]大人和夫人；瓦伦丁爱上了弗拉文达。对真人来说这都是些什么名字呀！看啊——他们来了！”

他们从灌木丛里走了出来——男人们穿着花背心、白背心和搭扣鞋；女人们穿着收紧的花纹织锦，带有金属环，披着布在身上。玻璃星星、蓝色丝带和仿制珠宝使他们看起来像极了贵族和贵族夫人的形象。

埃尔姆赫斯特太太悄声在她丈夫耳边说，“第一幕是哈拉登女士的更衣室……就是她……”她指向演员，“我觉得是终点宅的奥特太太演的，但是她的妆化得很好。那个是她的女仆德布，我不知道她是谁。”

“嘘，嘘，嘘。”有人抗议。

埃尔姆赫斯特太太放下节目单。戏剧已经开始了。

---

① Spaniel有阿谀奉承者之意。
② Smirking，老说愿平静与你同在的假笑之人。
③ Fribble，无聊轻佻之人。

哈拉登女士走进她的更衣室，身后跟着女仆德布。

哈比·哈拉登女士：……给我香盒，还有眼罩；把镜子给我，女孩；还有我的假发……见鬼了，这女孩子——怎么又走神了呢！

德布：……我在想，夫人，那位男士在公园见到您的时候所说的话。

哈比·哈拉登女士：（盯着镜子）所以呢，所以他说了什么？一些愚蠢的垃圾！丘比特之箭——哈哈！点亮他的蜡烛——呸——照亮我的眼睛……呸！那还是老爷在世的时候，已经二十年过去了……但是现在——现在他会说我什么呢？（她看着镜子里的自己）我是说，斯班尼尔·丽里利弗爵士……（响起了一阵敲门声）听！他的轻便马车到门口了。快去开门，别站着发呆了。

德布：……（去往门口）我说呀？他会像个赌徒摇动盒子里的骰子一样绕舌头。他找不到合适的词语来描述您。他会站在那儿，像只装在口袋里的猪……您的仆人，斯班尼尔爵士。

（斯班尼尔爵士入场）

斯班尼尔爵士：……你好呀，我美丽的圣人！怎么这么早就起床了？刚才沿着林荫路走的时候，我发现空气比平常更为新鲜明亮，原因是……维纳斯[1]、阿芙罗狄忒[2]必定都在你这个星系、这个星座，你就是那北极的光；而我只是个罪人。

（他取下帽子）

哈比·哈拉登女士：噢，马屁精，马屁精！我知道你那些伎俩。来吧，坐下……喝杯白兰地。坐这儿，斯班尼尔爵士。我有件很私密、很特别的事儿跟你说……收到我的信了吗，爵士？

斯班尼尔爵士：……钉在我的心上了！

（他拍打自己的胸脯）

---

① 维纳斯是古代罗马神话中的女神，对应古希腊神话的阿芙罗狄忒，小爱神丘比特是她儿子。拉丁语的“金星”和“星期五”等词都来源于此。

② 阿芙罗狄忒是古希腊神话中的神话人物，专司女性魅力与美貌的爱与美之女神，是奥林匹斯十二神之一。

哈比·哈拉登女士：……我想请你帮个忙，爵士。

斯班尼尔爵士：……（唱了起来）美丽的克洛伊需要帮助，达蒙怎么会不帮她呢？……没办法成韵了，韵律还在睡觉呢，用白话说吧。艾斯菲迪拉让她朴实的仆人丽里利弗做什么呢？说出来吧，夫人。难道要等到我们已经不在人世不能再讲明自己的想法了，再由一只鼻子上戴着指环的猿猴，或者一个年轻力壮的淘气鬼来代替我们讲吗？

哈比·哈拉登女士：（挥动着她的扇子）呸，呸，斯班尼尔爵士，你说得我脸红了——真的，靠近一点儿。（她移动椅子以靠他更近）我可不想整个世界都听到我们的谈话。

斯班尼尔爵士：（独白）靠近？见鬼了！那个老巫婆闻起来有股头朝下掉进沥青桶里的熏青鱼的恶臭味！（大声说）什么意思，夫人？你说什么？

哈比·哈拉登女士：我有个侄女，斯班尼尔爵士，她叫弗拉文达。

斯班尼尔爵士：（旁白）那就是我爱的那个女孩，肯定是的！（大声说）夫人，你有个侄女？我好像听说过这么回事儿，我听说她是你哥哥留下的独女，由你监护——你哥哥在海上遇难了。

哈比·哈拉登女士：你说的完全正确，爵士。她现在年纪到了，可以婚嫁了。斯班尼尔爵士，我像看管象鼻虫一样紧紧地看着她，把她包裹在快要凋萎的处子之衣里。她身边只有女仆，除了男仆克拉特之外从未接触过男性，克拉特鼻子上有个疣，脸像一个核桃粉碎机。然而她喜欢上了一个蠢货、一只镀了金的苍蝇——叫哈利、迪克，随便你怎么叫都行。

斯班尼尔爵士：（旁白）我敢保证那是年轻的瓦伦丁，我碰到他们一起看戏剧。（大声说）是这样吗，女士？

哈比·哈拉登女士：她并不是太难看，斯班尼尔爵士——我们家族出美女——但是一个像你这样有品位、出身高贵的绅士现在可能会同情她。

斯班尼尔爵士：恕我冒昧，女士。见过阳光的眼睛不会这么轻易因为较弱的光线而目眩——比如仙后座、金牛座、大熊座等发出的光，跟太阳光比起来它们就什么都不是了！

哈比·哈拉登女士：（向他抛了个媚眼）爵士，你是赞美我的理发师，还是我的耳环（她晃了晃头）。

斯班尼尔爵士：（旁白）她说话的声音像一头集市上的母驴！她穿得像五朔节时理发店里的旋转招牌。（大声说）你有何吩咐，女士？

哈比·哈拉登女士：爵士，是这样的，我哥哥是鲍勃爵士，因为我父亲是个朴素的乡绅，所以不会像那些外来人一样给我们起一些复杂的名字——我给自己起名艾斯菲迪拉，但是我的教名就是简单的苏——我刚跟你说的，我哥哥鲍勃逃到了海上，据他们说，他成了西印度群岛的君王。那儿的石头都是绿宝石，羊群都是红宝石。对于一个从没在那居住过的心地善良的人来说，他本会带一些财富回来接济家庭，爵士。但是他那艘双桅船还是护卫舰还是不知道什么类型的船——我不熟悉海上术语，是一个穿越壕沟之前都要先后退几步向上帝祈祷了才走的人——撞到了岩石上。鲸鱼把他给吃了，不过摇篮里的孩子却因为上天的眷顾被冲到了岸上，摇篮里是个女孩，就是现在的弗拉文达。更为重要的是，摇篮里装着遗嘱，安然无恙地包在羊皮纸里，那是鲍勃哥哥的遗嘱。德布！我叫你呢，德布！德布！

（她大声叫德布）

斯班尼尔爵士：（旁白）啊哈！我闻到了鼠辈小人的气味！一份遗嘱，真的啊！有遗嘱者事竟成。

哈比·哈拉登女士：（大叫）遗嘱，德布！遗嘱！在窗户对面那个书桌右边的乌木盒子里……这女孩真是见鬼了！她一直心不在焉。这些浪漫情愫呀，斯班尼尔爵士——这些浪漫情愫啊。虽然看不见烛泪，但是那是她的心在融化，每次熄灭烛芯时，都必须默念丘比特日历上（也就是她喜欢过的）所有人的名字……

（德布拿着羊皮纸进来了）

哈比·哈拉登女士：好……就放这儿吧。遗嘱，鲍勃哥哥的遗嘱。（她冲着遗嘱低声咕哝了一句）

哈比·哈拉登女士：长话短说吧，爵士，因为即使是生活在地球另一面的那些律师，说话也都是又长又臭——

斯班尼尔爵士：因为要与他们的长耳朵匹配，女士——

哈比·哈拉登女士：确实是这样，确实是这样。长话短说吧，爵士，我哥哥鲍勃将他去世时的所有财产都留给了他的独女弗拉文达，但是有这样一个限制条款，你注意一下，那就是她必须嫁给一个令她姑姑满意的人。她姑姑，就是我。否则，这也注意一下，所有财富，即十蒲式耳[1]钻石、大量的红宝石、两百平方英里的肥沃领地（界限从亚马孙河一直延伸到东北部）、他的鼻烟壶、他的六孔竖笛——鲍勃哥哥一直是个喜欢音律的人，爵士——还有六个金刚鹦鹉和他死时所拥有的众多妻妾——所有这些财产及其他不需要具体说明的没多少价值的物品，你注意一下，倘若她没能嫁给一个令她姑姑满意的人——也就是让我满意的人——那就用这些钱建一间小教堂，斯班尼尔爵士，让六个贫穷的贞女在教堂里唱着永恒的赞美诗，以使他的灵魂得到安眠——实话实说吧，斯班尼尔爵士，可怜的鲍勃哥哥很需要这些，因为他穿梭于墨西哥湾，且与妖女结交。你拿去，自己读读这份遗嘱吧，爵士。

斯班尼尔爵士："必须嫁给合姑姑心意的人。很清楚直白。"

哈比·哈拉登女士：她姑姑，爵士，那就是我，很清

① 蒲式耳是一个计量单位，1 蒲式耳在英国等于 8 加仑，约 36.37 升。

楚直白。

斯班尼尔爵士：（旁白）她说的是实话！（大声说）你想让我明白什么呢，女士？

哈比·哈拉登女士：嘘！凑近点。让我在你耳边低语……你我长久以来对彼此都持有很高的评价，斯班尼尔爵士。我们在舞会上一起玩过，我曾用雏菊花环把我俩的手腕绑在一起过。我记得没错的话，你还叫我小新娘——这都是五十年前的事儿了。若是当时命运眷顾，我们或许还可能成为一对呢，斯班尼尔爵士……你明白我的意思吗，爵士？

斯班尼尔爵士：如果它是用金色的字母写下的，竖立五十英尺高，从圣保罗教堂庭院到佩卡姆的山羊座和指南针这些地方都能看得见，那就再明显不过了……嘘，我要小声说。我，斯班尼尔·丽里利弗爵士，在此承诺娶你——那个曾被冲到盖满海草的龙虾笼里的少女叫什么名字？弗拉文达，是吗？就是弗拉文达——为我合法的妻子……请律师把这一切都写下来！

哈比·哈拉登女士：有个条件，斯班尼尔爵士。

斯班尼尔爵士：有个条件，艾斯菲迪拉。

（两人一起说）

钱就归你我了。

哈比·哈拉登女士：我们不需要律师来证明这一点！把你的手放在上面，斯班尼尔爵士！

斯班尼尔爵士：您的双唇，女士！

（他们拥抱）

斯班尼尔爵士：呸！她真臭！

“哈！哈！哈！”坐在轮椅里的原住民老太太大笑起来了。

“理性，天哪！理性！”老巴塞罗缪大叫起来，看着他的儿子，好像在劝说他放弃那些女性化的抑郁心态，做一个真正的男人。

贾尔斯像支标枪一样笔直地坐着，两腿蜷缩在椅子底下。

曼雷萨太太拿出镜子和口红，涂抹嘴唇，抚弄鼻子。

场景撤换的间隙，留声机温和地陈述着一些每个人都知道是绝对真实的故事。内容大概是说，伊芙是如何把长裙的下摆聚拢起来，极不情愿地站着一动不动，任由被露水打湿的披风掉下来的。留声机继续播放说，放牧的羊群在安静地休息，贫穷的牧羊人回到他的小屋，对热切的妻子和孩子讲述了他辛苦工作的简单故事：犁沟能够播种出什么样的果实，鸟窝里的鸟宝宝如何得以幸免没被拉犁的牛碰到，同时还有到处乱窜的小动物，带斑点的鸟蛋安静地躺在温暖的树洞里，与此同时贤良的妻子在餐桌上摆好了简单的饭菜。伴着从辛苦劳作中解放出来的牧羊人的笛声，男孩女孩们在草地上手牵手跳了起来。然后伊芙把暗棕色的披肩长发放下来，给村子、塔尖和草地等铺上一层光亮的面纱。之后这些内容又重复了一遍。

现场的风景也以自己的方式呈现着与留声机里相似的内容。太阳下山了，各种颜色融合。风景也在诉说着人们如何在一天的辛苦劳作之后放下工作休息的。空气变得凉爽，理性获胜，从牛身上卸下犁后，邻居们在屋前的花园里掘土，或倚靠在院门上休息。

一群母牛往前挪动了一步，然后站着一动不动，也在完美地诉说着同样的情景。

笼罩在这三重的曲调中，观众们坐着凝视发呆，不带疑问的、温柔的、赞许的凝视，因为这一切看起来是不可逃避的。一棵种在绿桶里的黄杨树取代了刚才的女士更衣室，而在一面看起来像是墙的地方挂着一个很大的钟，指针指向七点差三分。

埃尔姆赫斯特从白日梦中惊醒过来，看着她的节目单。

“第二幕，林荫路。”她大声读道，“时间：大清早。弗拉文达入场。她走了过来！”

米莉·罗德走上台来（她是服装商店“亨特和迪克森先生”的售货员），她穿着碎花的缎纹裙子，演的是弗拉文达。

弗拉文达：他说七点，时钟也要到七点了。但是瓦伦丁——瓦伦丁在哪儿呢？啊呀！我的心跳得多快呀！我经常在日出之前来草地上散步，但是现在还不是时候……看——打扮精致的人们来来往往！所有人都踮着脚尖，就像是开着屏的孔雀！我穿着裙子，从姑姑有裂缝的镜子里看起来它如此漂亮。哎呀，这是一块抹布……他们把头发盘起来，像一个插上蜡烛的生日蛋糕……那是一颗钻石——那是一颗红宝石……瓦伦丁在哪儿呢？他说，在林荫路的橘子树下。树——在那儿，瓦伦丁——不知在哪儿。我敢保证那是个朝臣，那只尾巴夹在两腿之间的老狐狸，那是一个在主人不知情的情况下跑出来的侍女，那是一个拿扫帚清扫街道的人，这样女士们精美的荷叶边长裙就不会弄得太脏……啊呀！他们红色的脸颊！我敢保证他们在田野里从不会出现那样红色的脸颊！噢，不守信用的、残忍的、铁石心肠的瓦伦丁。瓦伦丁！瓦伦丁！

（她拧自己的双手，从一边走到另一边）

因为害怕吵醒姑姑，我不是踮着脚尖像老鼠一样沿着壁板蹑手蹑脚地离开卧室的吗？我不是从她化妆盒里拿油脂滋润头发了吗？我不是已经洗干净脸蛋让它看起来靓丽光泽了吗？我不是躺在床上看星星爬上烟囱顶管吗？我不是把去年主显节[1]教父藏在槲寄生[2]上的那枚金几尼给

① 主显节是天主教和基督教的重要节日，以纪念及庆祝耶稣降生为人后首次显露给外邦人。主显节是每年的1月6日，但因历法不同，各地有不同的庆日。

② 槲寄生为桑寄生科槲寄生属灌木植物。常青的槲寄生代表着希望和丰饶。

了德布，这样她就不会告发我了吗？我不是给门锁的钥匙上了油，这样就不会吵醒姑姑，她也不会大声尖叫喊弗拉薇了吗？弗拉薇！瓦尔，我说瓦尔——他来了……不是他，哪怕是在一英里之外我也能辨认他走路像踏着波浪的样子，就像画册里的人物……那不是瓦尔……那是个城里人，那是个纨绔子弟，他拨了拨眼镜，就想占据我内心的一席……我要回家了……不，我不回……那岂不是又变回小姑娘了，回去刺绣……接下来这个米迦勒节我就成年了，不是吗？再过三个月我就要继承……那天一只球弹跳到姑姑存放衣裙边饰的古老箱子上，箱盖打开了，我不是读到遗嘱了吗？……“我死后所有的财产归我女儿……”我刚读到那儿老太太就像个小巷里的盲人一样慌乱地夺走了遗嘱……我不是被抛弃的孩子，我也有父母，爵士；我不是一条穿着海草衣服、长着鱼尾、任凭你摆布的美人鱼。我不比她们任何人差——不比那些与你调情嬉戏的黄毛丫头差，吩咐我在橘子树下见你而你却在她们的怀抱里睡去……呸，爵士！竟然与可怜的我开这样的玩笑，我是如此的……我不会哭，我发誓不哭。我不会为一个这样对我的人流一滴苦涩的泪水……但是仔细想想——猫儿到处乱窜的那一天，我们如何躲在乳牛场，如何在冬青树下共读浪漫的故事。啊呀！当公爵离开可怜的波莉的时候我哭得多伤心啊……姑姑发现我双眼红肿。“被什么螫伤了，侄女？”她问，并且大声叫道，“快点，德布，蓝色的袋子。”我告诉你们……啊呀，想想我从书上读到了这样的故事却为另一个真实的故事伤心哭泣！……嘘，树丛中是什么？一会儿有动静——一会儿又没了。是风吗？在荫蔽处——在阳光里……是瓦伦丁，我敢发誓！是他！快点，我要藏起来，躲到树后去！

（弗拉文达躲到了树后）

他来了……他转身……他到处寻找……他闻不到她留下的香味了……他盯着看——这边看，那边看……让他盯着那些漂亮的脸蛋看吧——品味她们，品尝她们，一边还说：“那是和我一起跳过舞的美丽女子……那个和我一起同寝过……那个我在槲寄生下亲吻过……”哈！他竟然对她们嗤之以鼻！勇敢的瓦伦丁！他的眼睛注视着地面！那眉头紧锁的样子才是他！“弗拉文达在哪儿呢？”他叹了口气，“我像热爱自己的心灵一样爱着她。”看，他拿出了自己的手表！“噢，不守信用的坏蛋！”他叹着气说。看他着急得跺脚呢！突然他转过身……他看到了我——不，太阳照在他的眼睛里，里面都是泪水……天啊，他伸手拿剑！他要像书中的公爵那样用剑刺穿自己的胸膛！……住手，爵士，住手！

（她现身了）

瓦伦丁：……噢，弗拉文达，噢！

弗拉文达：……噢，瓦伦丁，噢！

（他们拥抱）

时间是九点整。

“全是小题大做！”有个声音大声说。人们笑了，声音停止了。但是那个人看懂了，那个人也听懂了。在那个瞬间，树后的拉特鲁布女士倍感荣耀。接下来她转向那些穿梭于树木之间的村民，大叫道：

“大声点！大声点！”

因为舞台空着，而刚才的情绪必须延续下去，延续情绪的唯一方法是用歌曲，但是观众们却听不见歌词。

“大声点！大声点！”她紧握拳头威胁他们。

翻地挖土（他们唱道），栽树篱，开沟渠，我们度过……夏天和冬天，秋天和春天回归……一切都会过去，一切都会变化……但是我们永远保持不变……（风儿吹得歌词断断续续的。）

“大声点，大声点！”拉特鲁布女士大喊。

宫殿倒塌（他们继续唱），巴比伦，尼尼微，特洛伊……还有恺撒的宫廷……全沦为一片废墟……鸻鸟在废弃的拱门上栖息筑巢……那是罗马人曾经践踏过的土地……翻地挖土，我们用犁头砸碎泥块……克吕泰墨斯特拉[①]在那守望她的国王……看到了山顶上的明灯……而我们看到的只有土块……翻地挖土我们度过……女王和瞭望台倒台……

① 克吕泰墨斯特拉是古希腊神话中阿伽门农的妻子，在丈夫参加特洛伊战争时和埃吉斯托斯一起统治迈锡尼。战争结束后，阿伽门农回国，成为她统治迈锡尼的障碍，于是她设计将阿伽门农杀害。

因为阿伽门农[1]骑马离去……而克吕泰墨斯特拉谁都不是了，只是个……

歌词逐渐消失，只留下几个伟大的名字——巴比伦、尼尼微、克吕泰墨斯特拉、阿伽门农、特洛伊——漂浮穿越露天场所。接着风变大了，在树叶的沙沙声中，即使那几个伟大的名字也听不到了，观众们坐在椅子上盯着那些张嘴的村民，但却听不到任何声音。

舞台空着。拉特鲁布女士倚靠在树上，瘫痪了。她已经没有力气了，额头上冒出豆大的汗珠。幻想破灭了。“这是死亡，”她喃喃地说，“死亡。”

随着幻想的逐渐破灭，突然间奶牛开始承受重担。一头奶牛丢失了牛犊，它这时候恰好睁着两只圆鼓鼓的大眼睛，抬起头，发出痛苦的咆哮。所有长着圆鼓鼓大眼睛的奶牛都向后甩头，它们一头接一头发出同样思念的咆哮，

---

① 阿伽门农为古希腊迈锡尼国王，古希腊诸王之王。特洛伊战争爆发是因为他想称霸爱琴海，海伦被拐只是导火线。

整个世界都充斥着无声的思念。那种原始的声音在现场观众的耳边非常响亮，然后整个牛群都被感染了，它们开始摆动它们脏得像拨火棒的尾巴，奶牛们把头甩得很高，又猛地低下头咆哮起来，好像厄洛斯[①]（丘比特）之箭插入了它们的腹部，使得它们狂怒起来。牛群彻底填补了空隙，弥合了距离，填补了空虚，并延续着刚才的情绪。

拉特鲁布女士欣喜地冲牛群挥手。

“谢天谢地！”她大声说。

突然牛群停止咆哮，低下头吃草了。同一时刻观众们也低下头看节目单。

埃尔姆赫斯特太太为丈夫大声读出来：“制片人请求观众们原谅。由于时间关系一个场景被省略了，她恳请观众们想象，在幕间休息时，斯班尼尔·丽里利弗爵士与弗拉文达订立了婚约，正当弗拉文达要发誓的时候，躲在祖父时钟里的瓦伦丁走了出来，称弗拉文达是他的新娘，并

① 厄洛斯是古希腊神话中手持弓箭的美少年，是一切爱欲和情欲的象征，他被认为是爱神阿芙罗狄忒的儿子。而丘比特则是与之对应的古罗马神话中的小爱神。

揭露了哈比·哈拉登和斯班尼尔密谋夺取她遗产的诡计。在接下来的混乱中，这对恋人一起逃离，只剩下哈比女士和斯班尼尔爵士在一起。”

“要我们想象这一切。”她说着，把眼镜取了下来。

“这是聪明的做法。”曼雷萨太太对斯威森太太说，“如果她保留了这些，我们可能要在这儿待到午夜了。所以我们必须想象，斯威森太太。”她拍了拍老太太的膝盖。

“想象？”斯威森太太说，“太对了！演员表现得太多了。要知道，在中国将一把匕首放在桌上就代表着一场战争。所以拉辛[1]……”

“是的，他们让人觉得很无聊。”曼雷萨太太打断了她，因为她觉察到斯威森太太的文化气息，她讨厌这种扼杀快乐情感的行为。“我侄子住在桑德赫斯特，是个快乐的小男孩，有一天我带他去看《嘭，黄鼠狼跑了》，你看过吗？”

---

① 拉辛（1639—1699），法国剧作家，与高乃依和莫里哀合称 17 世纪最伟大的三位法国剧作家。

她转向贾尔斯。

“在城里的路上蹦上蹦下。”他哼了这一句来回复她。

“你的保姆会唱那个吗？！”曼雷萨太太大叫道，“我的保姆会唱，当她说‘嘭’的时候，发出的声音就像一只软木塞从姜汁啤酒瓶被拔出来的声音。嘭！”

她发出了那个声音。

“嘘，嘘。”有人低声说。

“我真淘气，吓到你姑姑了。”她说，“我们得听话，用心看戏。这是第三场，哈比·哈拉登女士的议事室，远处传来马蹄的声音。”

马蹄声是由傻子艾伯特用木勺使劲敲盘子发出来的，声音渐渐消失了。

哈比·哈拉登女士：已经到格雷特纳格林[1]的半路上了！哦，我的骗子侄女！我把你从海水里救起来，把你放

① 格雷特纳格林是临近英格兰边境的苏格兰村庄，旧时一些英格兰情侣因被禁止在本地结婚而跑到此地成婚，因而闻名。

在壁炉边时，你身上还滴着水呢！哦，那鲸鱼怎么没把你给生吞了！背信弃义的鼠海豚，哦！学校的教科书没有教你要尊敬你伟大的姑姑吗？你是怎么误读了书上的知识，学会了偷盗和欺骗，偷读旧箱子里的遗嘱，把流氓无赖藏在准确的大座钟里头，那个座钟自查理国王时期以来就没有走错过一秒钟！哦，弗拉文达！哦，鼠海豚，哦！

斯班尼尔爵士：（设法穿上他的过膝长筒靴）老——老——老。他居然说我“老”——“躺到床上去喝热牛奶酒吧，老傻瓜！”

哈比·哈拉登女士：她呢，在门口停下脚步，鄙视地指着我说“老女人”，爵士，爵士——我可正当壮年，并且还是位勋爵夫人呢！

斯班尼尔爵士：（使劲拉他的靴子）但是我要报复他，我要控告他们！我终究会找到他们……

（他一瘸一拐地走来走去，一只脚穿着靴子，另一只脚光着。）

哈比·哈拉登女士：（把手放在他的手臂上）宽恕你的痛风吧，斯班尼尔爵士。好好想想，爵士——我们别生气了，我们还才五十出头呢。他们喋喋不休地谈论的年轻是什么？

什么都不是，就是一根被北风吹上天的鹅毛。你请坐，斯班尼尔爵士，让你的腿休息休息——这样……

（她在他脚下垫了个垫子。）

斯班尼尔爵士：他说我“老”……他像个小丑一样从大座钟里跳出来……而她，居然嘲笑我，指着我的腿大叫，“中了丘比特之箭，斯班尼尔爵士，中了丘比特之箭。”哦，我真想在研钵里把他们给炖了，然后热腾腾地端上祭坛——哦，我的痛风，哦，我的痛风！

哈比·哈拉登女士：爵士，这些话可不是一个理性的人说出来的。想想吧，爵士，就在前几天你还在乞求神灵——呃哼——应该是星座。仙后座、金牛座、北极星……不可否认其中一个已经偏离了它的轨道。简单来说，她是突然与一团从大座钟里出来的东西私奔了，那可是祖父大座钟上唯一的钟摆。但是，斯班尼尔爵士，有些星星的位置是固定不变的，呃哼，所以简言之它们从不会像清冷早晨的煤火那样闪亮耀眼。

斯班尼尔爵士：真希望我才二十五岁，身边也配有锋利的宝剑！

哈比·哈拉登女士：（克制不笑）我知道你的意思，爵士。但还是嗤笑了——不可否认，我和你一样遗憾。但是年轻不是一切。告诉你一个秘密吧，我已经过了年岁的全盛时期了，已经年过半百了，但仍能整晚安眠，都不用翻身。大热天已经过去了……但是考虑一下吧，爵士。有遗嘱者事竟成。

斯班尼尔爵士：对极了，女士……啊，我的脚像在燃烧，像魔鬼的煅炼炉里燃烧的马蹄铁，啊！——你是什么意思？

哈比·哈拉登女士：意思，爵士？上帝啊，愿你得到平静。我必须放下谦逊，打开二十年前包裹在铅盒里，到现在还存放在薰衣草里的东西吗？简言之，爵士，弗拉文达逃跑了，笼子空了。但是我们曾用雏菊花环绑过手腕，现在我们可以结成更牢固的联结。过了关注饰品和身材的年纪，我在这儿，艾斯菲迪拉——但我简称苏。不论我的名字是什么——艾斯菲迪拉还是苏——我在这儿，身体硬朗且精神矍铄，听候你的吩咐。既然阴谋败露，鲍勃哥哥的财产必须归贞女们所有，简明易懂，这是可鲁律师的解释。"贞女……永远的贞女……为他的灵魂歌唱。"我向你保证，我哥哥需要这些……但是没有关系。尽管我们把那些扔到了大海，虽然它本可以为我们换来羊毛衫，但我不是乞丐，我有宅院、房屋、家用品、牲口、嫁妆，所有都列了清单。我这就给你看，包裹在羊皮纸里。我向你保证，这些财物足够维持我们体面的生活，在将来的日子里作为丈夫和妻子一起体面的生活。

斯班尼尔爵士：丈夫和妻子！所以这就是你显而易见的真理！怎么说呢，夫人，我宁愿把自己绑在沥青桶里，在寒风凛冽的冬天被绑在荆棘树上。呸！

哈比·哈拉登女士：沥青桶，真的！荆棘树——真的！你不是一直在那儿谈论星系和银河系吗！你不是发誓说我比她们所有人都更出色吗！该死的、背信弃义的家伙！坑蒙拐骗的家伙，你！你这个穿靴子的蛇蝎小人，你！所以你不要我？拒绝牵我的手，是吗？

（她伸出手，他一把将其甩开）

斯班尼尔爵士：把你的痛风石收起来！呸！我不需要它们！就算它们是钻石、纯钻石，就算你有半个适宜居住的地球，你有用线串在脖子上的成群妻妾，我也不稀罕……

我都不需要。把手拿开，猫头鹰、巫婆、吸血鬼！让我走！

哈比·哈拉登女士：所以你的甜言蜜语都是绑在圣诞爆竹上的金丝线！

斯班尼尔爵士：驴脖子上挂的铃铛！理发店立柱上的纸玫瑰……哦，我的脚，我的脚……中了丘比特之箭，她嘲笑我……老，老，而他说我老……

（他一瘸一拐地走了）

哈比·哈拉登女士：（独自一人）都走了，都随风而去了。爵士走了，侄女走了，那个无赖把自己伪装成老座钟上的钟摆，把座钟弄坏了，现在那座钟是唯一停止不走的东西。该死的家伙们——把一个诚实女人的房子变成了妓院。本是北极星的我收缩成了一只沥青桶，本是仙后座的我变成了一头母驴。我转身张望，没有轻信别人的男人或女人，没有美好的言辞，也没有美丽的样貌。羊皮脱落了，毒蛇爬了出来。你到格雷特纳格林去吧，潜伏在湿草地里繁衍毒蛇。我的头眩晕……沥青桶，真的；仙后座……痛风石……仙女座……荆棘树……德布，喂，德布（她喂喂地叫）解开我的衣带，我要爆炸了……拿我那张铺绿呢台布的桌子来，把牌放好了……还有我镶毛边的拖鞋，德布，还要一碟巧克力……我要报复他们……我将比他们活得更长……德布，喂！德布！该死的女孩！她听不见我叫她吗？德布，喂，吉卜赛人的野种，你是我从树篱里救回来的，我还教你刺绣！德布！德布！

（她一把推开通往女仆小房间的门）

空的！她也走了！……嘘，那张台子上是什么？

（她拿起一张纸条读起来）

“我稀罕你的鹅毛床吗？我和穿着破烂的吉卜赛人一起走了，哦！落款：黛博拉，你曾经的仆人。”所以，这个我拿自己餐桌上的苹果皮和面包屑喂养的女孩，这个我教她玩纸牌、做衬裙的女孩……她也走了。哦，忘恩负义，她的名字叫黛博拉！现在谁来洗碗，谁来给我取牛乳酒，谁来忍受我的脾气和帮我解开胸衣？……都走了，剩我孤零零一个人了。没有侄女，没有恋人，也没有女仆。

所以戏剧结束，它的寓意是：

爱神喜欢玩各种戏法，

他把爱神之箭插在脚里，

但是遗嘱指明的道路很清晰，

让圣洁的贞女唱永恒的赞歌：

“有遗嘱者事竟成。”

所有的好人们，永别了。

（行了一个屈膝礼，哈比·哈拉登女士退下了）

这场戏结束了。理性从她的宝座上走下来，她拢了拢裙子，冷静地鸣谢观众的掌声，她穿过舞台，佩戴着星星和勋章的勋爵和女贵族们跟在其后。斯班尼尔爵士一瘸一拐，陪同一脸假笑的哈拉登女士；瓦伦丁和弗拉文达手牵着手鞠躬和行屈膝礼。

“上天的真理！”巴塞罗缪叫道，他受到了戏剧语言的感染，“也有一份给观众的寓意！”

他躺倒在椅子里大笑起来，像马一样嘶鸣。

寓意，什么寓意？贾尔斯认为是有遗嘱者事竟成。这话突然升腾起来，嘲讽地指向他。带着女孩逃到格雷特纳格林，故事结束，管它什么结果。

“想去看花房吗？”他突然转向曼雷萨太太说。

“十分乐意！”她大声回答，站起身来。

有幕间休息吧？是的，节目单上说有。灌木丛里的留声机发出噗、噗、噗的声音。接下来的一场是什么？

“维多利亚时期，”埃尔姆赫斯特大声读出来。那么估计有时间绕花园走一圈，甚至能看看房子了。然而不知怎么回事他们感觉——没法描述的感觉——有点儿这也不是那也不是的不自在感，好像戏剧猛地把高尔夫球拉出了球洞，好像被称为自我的那个自己仍飘浮在空中，没有安定。他们觉得不舒服，或者仅仅是因为他们太注重服装了吗？轻薄过时的纱裙、法兰绒裤子、巴拿马礼帽、那顶模仿阿斯科特公爵夫人帽子的样式，并带有一圈紫红色网罩的帽子，不知怎么看起来也显得有些轻薄。

“服装很漂亮，”有人说，向消失的弗拉文达投去最后一眼。“非常合身。我希望……”

噗、噗、噗，灌木丛中的留声机准确持续地发出声响。

云层飘过天空，天气看起来有点儿不稳定。此时，霍格本的笨楼呈灰白色，太阳照射在伯尔耐大教堂的镀金风向标上。

“天气看起来有点儿不稳定。”有人说。

“起来吧……我们伸展一下双腿。”另一个声音说。很快草坪仿佛一个个由人们彩色的衣服构成的流动小岛，不过还是有些观众坐着没动。

“梅修少校和夫人。”记者佩奇舔了舔他的铅笔记录道。至于戏剧，他会逮住那个不知道叫什么名字的女士，向她问个大概。但是拉特鲁布女士突然不见了。

她在丛林间像个下层人一样工作。弗拉文达穿着裙子，理性把她的披风扔在圣洁的树篱上，斯班尼尔爵士在使劲拉他的靴子，拉特鲁布女士在四处寻找东西。

“维多利亚时代带珠边的披风……那件鬼东西去哪儿了？把它扔这儿……还有络腮胡子……”

在丛林里忙上忙下的间隙，她快速地看了一眼丛林外的观众。他们在走动，他们在踱来踱去。他们尊重传统，与更衣室保持着距离。但是万一他们走得太远，万一他们开始探索，从而越过宅子的范围，那么……噗、噗、噗，是留声机的声音。时间逝去，还能把他们聚在一起多久呢？

这是一场赌博、一场风险……她精力充沛地四处走动，把衣服扔在草地上。

从灌木丛顶上传来离散的声音，在她看来，那是没有身体的声音，象征性的声音，若隐若现的声音，什么也看不到，但是仍能感受到灌木丛上方有根看不见的丝线把没有身体的声音联结在一起。

“天空黑下来了。”

“没人想要这种天气——除了那些该死的德国人。”

接下来是一阵停顿。

“我想砍下这些树……”

“他们是如何让玫瑰生长得这么好的！”

“据说这个花园有五百多年的历史了……”

“为什么即使是老格莱斯顿[①]，说句公道话……”

接下来是沉默。声音穿过灌木丛，树木沙沙作响，拉特鲁布女士知道很多眼睛都在看风景，因为她身体的每一

① 格莱斯顿（1809—1898），英国政治家，曾作为自由党人四次出任英国首相。

个细胞都有吸附能力。用眼角的余光她就能看到霍格本的笨楼，以及伯尔耐教堂的风向标发出的闪光。

“眼镜要掉了。”一个声音说。

她能感受到他们一边看着风景，一边从她的指缝间溜走。

“那个该死的女人，罗杰斯太太在哪里？谁见过罗杰斯太太？”她叫道，猛地抓起一件维多利亚时期的披风。

无视传统，一个脑袋突然出现在颤抖的小树枝间：那是斯威森太太。

“噢，拉特鲁布女士！”她大叫道，然后停顿下来，之后又开始说，“噢，拉特鲁布女士，我真的要恭喜你！”

她开始吞吞吐吐，“你给了我……”她跳过了这些话，然后又突然想到什么——“从孩提时代起，我就觉得……”一层薄膜笼罩着她的双眼，将她与现在隔绝。她试图记起童年，然后又放弃，之后，她像请拉特鲁布女士帮助她一样挥了挥手，继续说：“这些每日例行的事情，像上楼梯下楼梯，像这些对白‘我要去拿什么？我的眼镜？架在鼻子上呢。’……”

她以一种清澈的老年人的眼神凝视着拉特鲁布女士。她们四目交汇，想共同努力以达成一个共识，但是失败了。斯威森太太，不顾一切地表明她的意思，说："我扮演的是多么小的一个角色啊！但是你却让我觉得我本来可以扮演……克里奥佩特拉[①]！"

拉特鲁布女士在颤动的灌木丛中点了点头，从容地走开了。

村民们互换了眼色，"古怪"一词可以用来形容老福林西，她穿过了灌木丛。

"我本可以是——克里奥佩特拉，"拉特鲁布女士重复道。"你唤醒了我内心没有饰演的角色。"应该是她想要表达的意思。

"现在试裙子，罗杰斯太太。"她说。

罗杰斯太太穿着黑色的长筒袜站在那儿，看起来荒诞不经。拉特鲁布女士把镶有荷叶边的维多利亚时期风格的

---

① 克里奥佩特拉（公元前69—公元前30年），即通常所说的"埃及艳后"，她先后为恺撒和安东尼的情人，并为恺撒生有一子，是古埃及时期的一位传奇女性政治家。

裙子套到她头上，绑好了带子。“你拉动了那些无形的丝线。”这是那个老太太的意思，在所有人中偏偏选中的是克里奥佩特拉！这让她感到无比荣耀。但是她不仅仅拉动了无形的丝线，她还让漂泊的人体和浮动的声音沸腾起来了，从散乱的人群中重新创造了一个世界。她辉煌的时刻到来了——她的荣耀到来了。

“好了！”她说，把黑色的缎带绑在罗杰斯太太的下巴上。“完成了！接下来是男士，哈蒙德！”

她呼唤哈蒙德。哈蒙德羞怯地走上前来，任凭她往自己脸上贴络腮胡子。他眼睛半闭着，头往后仰，拉特鲁布女士心想，他看起来很像亚瑟王——高贵、神武、瘦削。

“少校的旧双排扣长礼服在哪里？”她问道，她相信穿上那件礼服能够彻底改变他。

滴答、滴答、滴答，留声机的响声还在继续。时间在逝去，观众们在漫游闲逛，分散开去。只有留声机滴答、滴答的声音还把他们聚在一起。看那儿，独自一人闲逛到远处花坛边的是逃离的贾尔斯太太。

“播放曲子！”拉特鲁布女士命令道，“赶快！放曲子！

下一首！第十首！”

伊莎喃喃自语，挑了一朵玫瑰花：“我可以摘一朵吗，就一朵？白色还是粉色？在大拇指和食指之间月力捻压……”

她在经过的脸庞中搜寻着那个穿灰色衣服的人的脸，有那么一秒钟她看到他了，但是他被人群围绕，没法接近。这会儿又看不到了。

她扔下花儿，可是要捻压哪一片独自从树上掉落的叶子呢？没有，没有飘落的树叶掉在花坛边。她必须继续往前走，然后她转身朝马厩的方向走去。

“我闲逛去哪里？”她沉思自问，“走哪条通风的隧道？这盲目的风往哪儿刮？那边没有什么可供观赏的东西，没有玫瑰。去哪儿呢？在一片没有收获的、暗淡的田野里，没有夜幕降临，也没有太阳升起，那里一切都是平等的。那里的玫瑰不被风吹，也不会生长，没有任何变化，既不显得无常也不显得可爱，没有问候也没有分离，没有鬼鬼祟祟的发现和情感，那里一只手想拉住另一只手，而一双眼睛想要寻求另一双眼睛的庇护。”

她来到了马厩所在的院子，院子里的狗都被拴在链子上，里面放着几个桶，一棵大梨树梯状的树枝延伸到了墙边。梨树的根长到了石板底下，树身承受着又硬又绿的梨子的重量。她用手摸了摸一个梨子，轻声说：“它们从地底获取的养料使我承受了多大的负重啊！诸多的记忆和财富，这是过去的岁月加在我身上的负担，像穿越沙漠的长长的商队里的最后一头毛驴。‘跪下，’过去说，‘用我们的果实装满你的驮篮。起来，毛驴，去你要去的地方，直到你的脚后跟长水疱、驴蹄开裂。’”

梨子坚硬如石头。她低头看着开裂的石板，树根在其下生长延伸。她思忖着，“那是婴儿时期就加在我身上的沉重，在海浪的呢喃声中、在焦躁不安的榆树的呼吸里、在女声的低吟里。我们必须记住什么，我们应该忘记什么。”

她抬起头来，钟表的镀金指针永远不变地指向离整点还差两分，时钟就要敲响了。

“闪电来了，”她自言自语地说，“从灰蓝色的天空闪过。

死者身上的皮带爆裂，我们的财物也不受限制了。”

人声打断了她的思绪。人们经过院子，说着话。

“今天天气很好，有些人说，我们好想脱光衣袍；另一些人说，好天气要结束了，他们看到了旅馆和旅馆老板，但是没有单个的说话声，也没有人的声音摆脱了那种老式的声带振动。我总是能听到堕落的咕哝声——黄金和金属的叮当声。疯狂的音乐……”

更多的声音响了起来，观众们一个个返回露台。伊莎努力打起精神，自我鼓励。“骑上小毛驴，步履蹒跚也要耐心向前。不要听那些领导者们狂躁的喊叫声，因为他们要设法抛弃我们；也不要听那些呆滞的、面无表情的脸庞发出的唠叨声。我宁愿聆听牧羊人在农家宅院墙边的咳嗽声，干枯的树木在骑马人疾驰而过时发出的叹息声，当他们剥光她的衣服时从营房里传出来的嚎叫厮打声，或者是在伦敦时当我猛地打开窗户听到有人哭喊着发出的喊叫声……”她从马厩出来，走上了那条经过花房的小路。有人踢开了院门，曼雷萨太太和贾尔斯走了出来。伊莎悄悄地跟在他们身后，穿过草坪回到前排的座位，没被他们发现。

灌木丛里留声机噗噗的声音停止了。按照拉特鲁布女士的吩咐，留声机开始播放另一首曲子，十号曲目，被称为伦敦街上的叫喊声——“一首组合曲”。

“薰衣草，甜甜的薰衣草，谁会买我香甜的薰衣草。”曲调清脆激昂却没法引导观众的情绪，有些人不予理会，有些人还在闲逛，还有些人停下脚步，直直地站着，有些人，像梅修上校和梅修太太，他们从没离开过座位，他们心里耿耿于怀，因为发给他们的节目单模糊不清。

“19 世纪。”梅修上校并不反对制作人在不到十五分钟的时间里略过两百年，但是她对场景的选择让他困惑。

“为什么排除英国军队？没有军队的历史算什么历史呢？”他思忖着。梅修太太把头凑向他提出了反对意见，毕竟一个人不应该要求太多。而且，很有可能最后的场景是环绕在英国国旗下的大集合。同时，还有风景呢，他们看着风景。

“甜甜的薰衣草……甜甜的薰衣草……”哼着曲调，年老的林恩 · 琼斯太太（住在蒙特宅）把椅子向前推动了一下。“这儿，埃蒂。”她说，然后和埃蒂 · 斯普林格特一起颓然坐下，她俩共住一栋房子，因为她们现在都是寡妇。

“我记得……”她伴着曲子有节奏的摇头晃脑，“你也记得——他们曾经如何沿街叫卖。”她们记得——窗帘拂动，那些男人们一边叫卖“一切都在拂动，一切都在生长”，一边拿着种在陶盆里的天竺葵和石竹沿街走来。

“我记得是一把竖琴、一辆二轮双座小马车和一辆四轮马车。那时街道是如此安静，两便士就可以坐双轮马车，是吗？一便士可以坐四轮马车？艾伦戴着帽子，穿着围裙，在街上吹口哨？你记得吗？还有那些跑步的人，天啊，如果你从车站回你的林间小屋，他们会一路跟着你跑回去。”

曲调变化了。“旧熨斗，有旧熨斗卖吗？”“你记得吗？那些男人在大雾里那样叫喊，他们来自七晷区，带红手帕的男人，勒杀抢劫的强盗，有人这样称呼他们？你不可以——哦，天啊，不——不可以看完戏后走路回家。摄政街、皮卡迪利广场、海德公园角、放荡的女人……排水沟里到处都是一条条的面包。考文特花园附近的爱尔兰人……从舞会回来，经过海德公园角的时钟时，你还记得白色手套的触摸吗？……我父亲记得公园里的老公爵，有两个那样的手指——他触摸了我父亲的帽子……我保留了母亲的相册，一个小湖和两个恋人，我觉得她悄悄地抄录了拜伦……”

“那是什么？《把他们撞倒在旧肯特路上》，我记得那个凶暴的小青年吹着这首曲调。噢，亲爱的，那些佣人……老埃伦……一年十六英镑的工资……和那些热水罐！还有裙撑！还有胸衣！你还记得水晶宫和那些烟花吗？还记得米拉的拖鞋在泥地里弄丢了吗？”

“那是年轻的贾尔斯太太……我记得她妈妈，她在印度去世……我们那时候经常穿裙子。不卫生？我敢说是这样……看看我女儿，在右边，就在你身后，四十岁了，瘦得像根魔杖。每一间公寓都带有冰箱……我妈妈花了半个上午去订晚餐……我们有十一个人，再数数家里有多少个佣人，加起来总共有十八个人……现在他们只用给店铺打电话……那是贾尔斯来了，和曼雷萨太太一起。她不是我喜欢的类型，我可能不对……还有梅修上校，衣着一如既往的整洁帅气……还有科布斯康纳宅的科贝特，在那儿，在猴谜树下，人们很少能见到他……这就是这场露天剧的好处——它把人们聚集到一起。在这个年代，人们都这么忙，正需要这样的时机……节目单？你有吗？我们看看接下来演什么……19 世纪……看，那是村民组成的合唱队，从树丛间走出来了。首先，有一个序幕……”

一只大箱子，上面铺着一张红色的呢布，呢布边镶着金色的流苏，箱子被移到了舞台中央。接着是飒飒的衣服拖地的声音和移动椅子的声音。观众们心怀内疚，匆匆忙忙地坐好。拉特鲁布女士盯着他们，她给他们十秒钟调整表情。然后她轻轻挥了一下手，一支宏大的进行曲响了起来。“信心坚定慷慨激昂，无所畏惧果敢坚毅”，等等……又一个象征性的庞大身影从灌木丛里浮现。那是酒馆老板巴奇，他装扮得如此之好，即使是夜夜和他一起喝酒的好友们都没能认出他来，于是村民们就他的身份生出疑问，发出窃笑。他穿着一件长长的、有多层披肩的黑色斗篷，防水，且闪闪发光，看着像国会广场上的一尊雕像；戴的头盔表明他是一个警察，他胸前佩戴着一排勋章，右手伸展握着一根特殊的警棍（是找警察厅的威勒特先生借的）。正是从他厚厚的、用黑色棉毛做的胡子底下发出的沙哑锈蚀的声音出卖了他。

“巴奇，巴奇，那是巴奇先生。”观众们低声说。

巴奇伸直警棍说：

在海德公园角指挥交通，这可不是一件容易的工作。公交车和观光马车，一起在鹅卵石路上发出咔嗒声。靠右走，可以吗？那边，快停下来！

（他挥舞着警棍）

她过来了，拿着伞就要冲到马鼻子底下的老家伙。

（警棍明显地指向斯威森太太）

她举起瘦骨嶙峋的手好像真的一时冲动跳出了人行道，使得这位权威人士合乎情理地生气了。抓住她，贾尔斯心想，他与权威为伍，反对自己的姑姑。

不管是雾天或晴天，我都履行职责。（巴奇继续说）在皮卡迪利广场、在海德公园角，为女王陛下的帝国指挥交通。波斯国王、摩洛哥国王，或者可能是女王陛下本人，或者是库克[1]带领的游客们，黑人、白人，水手、士兵，漂洋过海来称颂她的帝国。他们都要遵守我警棍的规则。

（他熟练地从右到左挥动着棍子）

但是我的工作不止如此，我保护女王全部疆土上的所有仆从的纯洁和安全，坚决要求他们遵守上帝和人类的法律。

上帝和人类的法律（他重复了一遍，看起来像在翻阅一本法令，然后全神贯注地盯着一张羊皮纸，那是他刚才小心翼翼从裤子口袋里掏出来的）

周日去教堂，周一九点整去赶开往城市的巴士，周二可能在市长官邸参加一个有关罪人救赎的会议，周三晚餐时参加另一个会议——有龟汤喝。爱尔兰可能有一些麻烦：有饥荒、芬尼亚运动[2]，诸如此类的问题。周四是秘鲁的土著居民要求得到保护和纠正一些错误的会议，我们给予他们应得的。但是注意，我们的统治不只是如此。我们的帝

① 托马斯·库克（1808—1892），英国旅行商，近代旅游业的先驱者，也是第一个组织团队旅游的人。

② 芬尼亚运动是芬尼亚社社员争取爱尔兰独立和建立爱尔兰共和国的运动。

国是一个信奉基督的国家，由穿白色婚纱的维多利亚女王[1]统治。在思想和宗教、饮酒、穿着、举止，还有婚姻方面，我行使我的权利。我们知道，繁荣和尊重总是携手共进。一个帝国的管理者必须眼睛盯着婴儿床，监视厨房、客厅、书房、任何有一两个人聚集到一起的地方。纯洁是我们的口号，还有繁荣与尊重。如若不然，他们会衰败……

（他停顿了一下——不，他没有忘词）

在克里普门，在圣吉尔斯，在白教堂，在米洛里斯。让他们在矿井里挥汗，在织布机边咳嗽，让他们理所当然地忍受自己的命运。那就是帝国的代价，是白人的负担。而我可以告诉你们，在海德公园角和皮卡迪利广场指挥交通秩序，是一份专业的、由白种人来做的工作。

他停止说话，气势显赫，举重若轻，在底座上熠熠生辉。他有着很好的男性身材，这一点每个人都同意，他的

① 维多利亚女王的婚纱是世界上第一件白色婚纱。

警棍伸直，他的防水斗篷往下垂。只需要来一场倾盆大雨，来一群鸽子围着他的脖子飞翔，再加上圣保罗大教堂和威斯敏斯特教堂鸣响的钟声，就能把他变成一个和维多利亚时期的警察一模一样的形象，就能让这一切穿越到一个多雾的伦敦的下午，穿越到维多利亚的巅峰繁盛时期，耳畔响着卖松饼的小贩的摇铃声和教堂鸣响的钟声。

舞台上出现了一会儿停顿，可以听到朝圣者在树丛间进进出出时发出的吟唱声，但是听不到歌词。观众们坐着等待。

“嘘、嘘、嘘，”林恩·琼斯太太抗议说，“他们当中也有地位显赫的人……”她并不知道为什么，但是就觉得有人在嘲笑她的父亲，因为这也是在嘲笑她。

埃蒂·斯普林格特也发出嘘声抗议。但是，确实有孩子在矿井里拉过车，那个是地下室，而爸爸晚饭后会大声读沃尔特·斯科特[①]，法庭不接待离婚的女士，从这些零散的场景很难得出任何结论！她希望他们赶紧演完下一场，

---

① 沃尔特·斯科特（1771—1832），英国诗人和小说家。

她喜欢离开剧场时确切地知道那部剧是什么意思。当然这只是一部乡村剧……他们在布置下一个场景，围绕那个铺着红色桌布的箱子进行。她从节目单上大声读道：

“野餐会。约在1860年。场景：湖畔，角色——”

她停下不读了。一大张纸在露台上铺开来，很显然那是个湖，上面粗略画上的涟漪代表湖水，那些绿色的根茎是芦苇，真实的燕子从纸面上掠过，实乃美景。

“看啊，米妮！”她大声叫道，“这些是真燕子！”

“嘘，嘘。”有人责备她，因为这一幕已经开始了。一个身穿上宽下窄裤子、蓄络腮胡子的年轻男人，手持一根锥形棒出现在湖边。

埃德加·索罗尔德：……我来帮您吧，哈德卡斯尔小姐！好了！

（他帮助埃莉诺·哈德卡斯尔小姐，一位穿着裙撑，带着蘑菇帽的年轻贵族小姐上到山顶。他们微微喘着气站了一会儿，看着周围的风景）

埃莉诺：教堂在树丛中显得多么渺小啊！

埃德加：……所以这就是流浪者之泉，约会的圣地了。

埃莉诺：……索罗尔德先生，请在别人到来之前说完你刚才说的那些话。你说，“我们的人生目标……”

埃德加：……应该是帮助我们的同胞们。

埃莉诺：（深深叹了口气）真是这样——确确实实是这样！

埃德加：……为什么叹气呢，哈德卡斯尔小姐？你没有什么需要责备自己的地方，你一生都在为他人服务。我是在说我自己，我已经不年轻了，二十四岁，人生最好的时光都已经过去了，我的生命就像（他将一颗卵石扔到湖面上）这水中的涟漪。

埃莉诺：噢，索罗尔德先生，你不了解我。我并不是表面看上去的样子，我也——

埃德加：……别告诉我，哈德卡斯尔小姐——不，我不能相信——你怀疑？

埃莉诺：哦，天啊！不是那样，不是那样……但是像我这样被人很好地呵护着、总是安全地待在家里、总是被人保护着的人，如你所见，如你所想。噢，我在说些什么？不过，是的，在妈妈到来之前我要说实话。我也渴望劝异教徒皈依！

埃德加：……哈德卡斯尔小姐……埃莉诺……你引诱我！我能问问你吗？不——你这么年轻，这么漂亮，这么纯洁。我恳请你好好考虑再回答。

埃莉诺：……我已经考虑过了——我发誓！

埃德加：（从口袋里拿出一枚戒指）那么……我母亲临死前嘱托我只能把这枚戒指给这样一个人，对那个人来说和非洲沙漠里的异教徒度过一生是——

埃莉诺：（接过戒指）极好的幸福！但是嘘！（她把戒指塞进口袋）妈妈来了！（他们开始分离）

（哈德卡斯尔太太入场了，她是一位胖胖的、穿黑色斜纹绸布衣服的女士，骑着一头驴，陪同她的是一位带猎鹿帽的老年绅士）

哈德卡斯尔太太：……所以你们抢在我们之前了，年轻人。之前有一个时期，约翰爵士，我们总是第一个爬上山顶。但现在……

（他帮她从驴身上跳下来。孩子们、年轻的男士们、年轻的女士们都到了，一些人拿着食物篮，一些人拿着捉蝴蝶的网，一些人带着望远镜，还有一些人拿着有植物图案的锡罐。一张地毯已经在湖边的位置铺好了，哈德卡斯尔太太和约翰爵士在折凳上坐好。）

哈德卡斯尔太太：……现在谁来给水壶装水？谁来捡树枝？阿尔弗雷德（她对一个小男孩说），别到处乱跑追蝴蝶，否则你会生病的……我和约翰爵士要把篮子里的食物拿出来，这块被烧坏的草地就是我们去年野餐的地方。

（年轻人往不同方向分散开去，哈德卡斯尔和约翰爵士开始把篮子里的东西拿出来。）

哈德卡斯尔太太：……去年可怜的比奇先生还和我们在一起，那是一种可喜的解脱（她拿出一块带黑边的手帕抹了抹眼睛），每年我们都要失去一个人。那是火腿……那是松鸡肉……那儿，那个包里是野味肉馅饼……（她把能吃的东西展开放在草地上）在我说可怜的比奇先生的时候……我真的希望奶油没有凝结。哈德卡斯尔先生会带红葡萄酒来，我总是让他带红酒。只有当哈德卡斯尔先生和支戈特先生开始谈论罗马人的时候……去年他们差点儿就争论起来了……但是绅士们有爱好是一件好事，即使他们收集的确实都是一些一文不值的东西——像那些颅骨和其他类似的东西……但是我那会儿说——可怜的比奇先生……作为我们家的一个朋友，我想要问你（她放低了声音）一些关于新牧师的事情——他们听不到我们说什么，是不是？听不到，他们捡木棍去了……去年真让人失望。刚把东西拿出来……就下雨了。但是我想要问你关于新牧师的事儿，他接替了亲爱的比奇先生，据说他的名字叫西布索普。当然我希望我没有记错，因为我有个堂兄弟娶了一个叫同样名字的女孩，作为我们家的朋友，我们无须拘于礼节……当一个人有几个女儿的时候——毫无疑问我很羡慕你，你只有一个女儿，约翰爵士，而我有四个！所以我请你私下告诉我，与这个年轻的——如果那是他的名字的话——西布索普有关的一些事儿，因为我必须告诉你前天我们的波茨太太恰巧说，她拿着给我们洗好的衣服经过牧师住宅的时候，他们正在搬家具。她在衣橱顶上看到了什么？一个茶壶保温套！当然她可能弄错了……但是我突然想私下问问你，因为你是我们家的朋友，西布索普先生结婚了吗？

这时，一个由穿维多利亚式斗篷、蓄络腮胡子、戴大礼帽的村民组成的合唱团一齐演唱：

噢，西布索普先生结婚了吗？噢，西布索普先生结婚了吗？那是个大问题，禁不住让人胡思乱想，那才是打开软木塞的螺旋起子和钻孔器，它像漩涡一样不停地旋转，永远是做母亲的心里最关注的问题。因为作为一个母亲，如果她有女儿，而且是在有着四个大柱子的羽毛软床上生下了她们，她就必须要问，噢，他收拾行李的时候有拿出祈祷书和牧师领饰、长袍和手杖、鱼竿和钓鱼线、家庭相册和手枪吗？他的茶桌上有展示什么婚姻的信物吗，比如说一个茶壶保暖套，上面有凸起的金银花图案？西布索普先生结婚了吗？噢，西布索普先生结婚了吗？

合唱团演唱的时候，户外用餐的人集合完毕，嘭嘭的开瓶声，松鸡肉、火腿和鸡肉都切成了片儿，用力咀嚼的嘴唇，一饮而尽的酒杯，除了咀嚼声和碰杯的叮当声之外，其他什么也听不到。

“他们真的吃了。”林恩·琼斯太太低声对斯普林洛特太太说，“是真的，吃得太多对他们不好，我敢说。”

哈德卡斯尔先生：……（擦去胡子上的肉渣）现在……

“现在什么？”斯普林格特太太小声说，她预计会有更多拙劣的表演。

既然我们已经满足了食欲，现在让我们来满足精神的需求。我要求我们当中一位年轻女士来唱一首歌。

年轻的女士们一起唱：……噢，不是我……不是我……我真的不能……不，你这个残忍的家伙，你知道我嗓子哑了……没有乐器我唱不了歌……等等，等等。

年轻的男士们一起唱：噢，胡说！我们想听《夏日最后一朵玫瑰》，我们想听《我从来没爱过一只可爱的羚羊》。

哈德卡斯尔太太：（命令式地）现在将由埃莉诺和米尔德丽德演唱《我愿做一只蝴蝶》。

（埃莉诺和米尔德丽德顺从地站起来唱二重唱《我愿做一只蝴蝶》。）

哈德卡斯尔太太：非常感谢，亲爱的孩子们。现在男士们，来一曲《我们的祖国》！

（亚瑟和埃德加唱《统治大不列颠》）

哈德卡斯尔太太：……非常感谢你们。哈德卡斯尔先生——

哈德卡斯尔先生：（站起身，紧握手中的化石）我们祈祷吧。

（所有人都站起身来）

“太过分了，太过分了。”斯普林格特太太抗议说。

哈德卡斯尔先生：……万能的上帝，所有美好事物的赐予者，我们感谢您，给予我们食物和饮料，给予我们美丽的自然景色，给予我们理解，继而让我们得到启迪（他摸索着手中的化石）。也感谢您给予我们的伟大礼物——和平，准许我们做您在地球上的仆人，准许我们传播您的光……

这时，由傻子艾伯特扮演的驴子的后腿抽动起来，是故意的还是不小心？“看那头驴子！看那头驴子！”一阵窃笑淹没了哈德卡斯尔先生的祈祷。后来观众只听到他说：

……快乐归家，身体因为您的赠予焕然一新，思想受到您智慧的激励，阿门。

把化石紧握在身前，哈德卡斯尔先生退场了。驴子被抓住了，篮子也收拾好了，野餐者们形成一个队列后，开始越过山峰，消失在视野里。

埃德加：（和埃莉诺一起走在队列的最后面）使异教徒皈依！

埃莉诺：帮助我们的同胞！

（演员们消失在灌木丛里。）

巴奇：……时间到了，绅士们、女士们，是时候收拾行李离开了。我手拿警棍站在这儿守护繁荣和我们应得的尊重，以及维多利亚领土的纯洁，我看到眼前——（他指向波因茨宅，那儿白嘴鸦尖叫，炊烟袅袅升起）

家，甜蜜的家。

留声机开始播放这首曲子：历经欢欣，看尽宫殿，没有哪个地方像家一样温馨。

巴奇：……家，绅士们；家，女士们，是时候打包行李回家了。我不是看到火（他指向那个方向：一个窗户闪耀着红色火光）烧得越来越旺了吗？在厨房、育儿室、客厅和书房？那是家里的火。看啊！我们的简把茶端来了。孩子们，玩具在哪儿呢？妈妈，你的针织品，快。因为（他挥动警棍指向科布斯康纳宅的科贝特）养家糊口的人回来了，从城里回到家，从柜台回到家，从商店回到家。“妈妈，端杯茶过来。”“孩子们，到我的膝下来，我来读故事，哪个故事呢？《航海家辛巴德》？还是《圣经》里的小故事？给你们看插图？没有插图啊？那我们出去搭积木吧。让我们搭建一个暖房？实验室？技工学院？或者搭建一座塔楼，把我们的旗帜插在上面，这样我们寡居的女王就可以在喝完茶后，呼唤皇家的孤儿们到她的膝下？因为这就是家，女士们；家，男士们。即使再简陋，也没有哪个地方像家一样温馨。”

留声机用颤音播放着“家，甜蜜的家”，而巴奇，稍微摇晃了一下就从箱子上跳下来，跟着队列离开了舞台。

幕间休息。

“噢，这一切多么美好啊。”林恩·琼斯太太断言。她指的是家，灯光明亮的房间，里面有深红色的窗帘和大声读故事的爸爸。

他们卷起湖面，拔出芦苇。这会儿真正的燕子掠过的是真正的草地。但是她还看见了那个家。

“那是……”她重复说，指的还是家。

“要我说是质量低劣，令人不快。”埃蒂·斯普林格特恶声恶气地说，她指的是戏剧，她还恶狠狠地瞪着道奇的绿裤子、黄色波点的领带和敞开的马甲。

但是林恩·琼斯太太看到的仍然是家。巴奇刚站过的那个铺着红呢面的箱子被滚下舞台时，她还在思考，是不是家里也可能有什么东西——不能说是不纯洁，不能用这个词——或许“不卫生”呢？比如说一些变馊的肉，就像仆人们说的那样长毛了？或者为什么这样的家消亡了？时间像厨房时钟的指针不停地流逝。（灌木丛中的留声机噗噗作响。）如果它们没有受到阻碍，她思索着，没有什么地方出错，它们会一直这样一圈、一圈、一圈地走下去。那个家应该就会得以保存。爸爸的胡子，她想着，会一直长长。妈妈的针织品——她拿她的针织品做什么了？——那一定是发生了什么变化，她自言自语，不然爸爸的胡子和妈妈的针织品会增长很多。比如说现在，她女婿脸上的胡子总是刮得干干净净的，她女儿有冰箱……天啊，我这信马由缰的思绪啊，她克制住自己。她想说的是，除非一切完美，否则变化必定会发生。

如若真有完美，她猜想那是因为他们能抵抗住时间的流逝。天堂就有永恒不变的完美。

“他们是那样的吗？”伊莎突然问道。她看着斯威森太太，像看一头恐龙或者一头非常小型的猛犸象。她肯定已经“灭绝”了，因为她生活在维多利亚女王统治时期。

滴答、滴答、滴答，灌木丛中的留声机不停地响着。

“维多利亚时代的人，”斯威森太太若有所思，她面带奇怪的笑容说，“我不相信曾经真有这样的人。只有像你、我和威廉这样的人，不过穿着不一样而已。”

“你不相信历史。”威廉说。

舞台仍然空着。牛群在地里走动。树底下的影子变深了。

斯威森太太抚摸着她的十字架。她茫然地注视着周围的景色。她离开了，他们猜想，她踏上了一场想象力的巡回旅行——所有皆为一体。羊群、牛群、青草、树木、我们——都成了一体。如果不一致，那就制作和声——如果不是为我们，那就为一颗巨大头颅上长着的巨大的耳朵。因此——她亲切地微笑着——特定的某只羊、某头牛或某个人的痛苦是必须的，于是——她像天使般面带笑容望着远处的镀金风向标——我们达成结论，一切都是和声，我们能够听到吗？我们会听到的。她的眼睛这会儿停落在一朵白云的峰顶上。如果遐想带给她安慰，威廉和伊莎隔着她会心一笑，那就让她遐想吧。

滴答、滴答、滴答，留声机重复地响着。

“你明白她的意思吗？”斯威森太太突然从云层降落下来，“拉特鲁布女士的意思？”

伊莎的眼睛正到处游荡，她摇了摇头。

“但是你也可以说不明白莎士比亚的意思。”斯威森太太说。

“莎士比亚和玻璃碗琴！”曼雷萨太太插话说，“天啊，你们让我觉得自己是个野蛮人！”

她转向贾尔斯，乞求他帮助自己对抗这种对人类快乐心灵的打击。

“胡说八道。”贾尔斯咕哝了一句。

舞台上什么也没有出现。

曼雷萨太太手指上的戒指闪烁着一道道红色和绿色的光芒。他从这些光看向露西姑姑，又从露西姑姑看向威廉·道奇，再从威廉·道奇看向伊莎，而伊莎拒绝与他四目相对。于是他低头看着自己血迹斑斑的网球鞋。

他说（并没有说出来）：“我真他妈的不幸福。”

“我也是。”道奇产生了共鸣。

“还有我。”伊莎心想。

他们都如同囚犯，困在笼中观看一场表演，但是什么都没有上演。留声机的滴答声让人发狂。

“噢，小毛驴，”伊莎低声说，“穿越沙漠……承受着重担……”

她感觉到她嘴唇嚅动时道奇的眼睛在看着她，总是有冰冷的目光像冬天的绿头苍蝇一样冷不丁地爬到脸上！她弹走了他的眼神。

“时间真长啊！”她焦躁地说。

“另一个幕间休息。”道奇看着节目单读出声来。

“那之后是什么？”露西问道。

“此时此刻，我们自己。”他读道。

“让我们祈祷那就是结尾吧。”贾尔斯粗声粗气地说。

“你真是淘气了。”曼雷萨太太责备她的小男孩、她闷闷不乐的英雄。

没有人动。他们就坐在那儿，面对着空荡荡的舞台、牛群、草地和风景，而那台留声机还在灌木丛里滴答作响。

“这场演出的目的是什么？”巴塞罗缪问道，他突然打起了精神。

“演出的收益，”伊莎从她变得模糊的节目单上读道，“捐给为教堂安装电灯的基金项目。”

“我们村里所有的演出活动最后都会以筹款结束。”奥利弗先生哼了一声转向曼雷萨太太说。

“当然，当然。”她咕哝着，不赞成他的严厉，而且她珍珠袋子里的硬币开始叮当作响。

“在英国做什么事情都是有目的的。”老人继续说。曼雷萨太太反对这一说法。或许对维多利亚时代的人来说可能是正确的，但是对我们来说肯定不对吧？她真的相信我们都公正无私吗？奥利弗先生想知道。

“噢，你不了解我丈夫！”狂野的孩子大声说道，装腔作势。

令人钦佩的女人！可以相信她会像闹钟一样每一次时

钟敲响都会欢叫，而当铃声响起时又会像一匹拉车的老马一样停下来。奥利弗什么都没说，曼雷萨太太拿出镜子整理起仪容来。

所有人都心烦意乱，他们坐在露天的草地上。留声机滴答作响，没有音乐，只能够听见公路上汽车的鸣笛声，以及树木的飒飒声。他们既不是此也不是彼，不是维多利亚时代的人也不是他们自己。一切像是突然停滞了，没有存在感，茫然无措。滴答、滴答、滴答，留声机响着。

伊莎坐立不安了，开始左顾右盼。

“二十四只黑色的鸟，被串在一根绳子上。”她嘀咕着。

“一只鸵鸟、一只老鹰和一个死刑行刑者过来了，‘你们哪一个成熟了，’他问，‘可以加在我的馅饼里一起烤？你们哪一个成熟了，你们哪一个准备好了，来吧，我帅气的男士们，来吧，我漂亮的女士们’……”

拉特鲁布女士打算让他们等多久呢？“此时此刻，我们自己。”节目单上这样写着，然后他们继续读后面的文字：“演出的收益将捐给为教堂安装电灯的基金项目。”教堂在哪里？那边，你可以看到树丛里的那个尖顶。

“我们自己……”他们又回到节目单。但是她对于我们自己又了解什么呢？对伊丽莎白时代的人，真的了解；对维多利亚时代的人，可能了解；但是对我们自己，于1939年6月的一天坐在这儿的我们自己——简直荒谬。“我自己”——不可能。别人，或许吧……科布斯康纳宅的科贝特、少校、老巴塞罗缪、斯威森太太——他们，也许吧。但是她不会了解我——不，不了解我。观众们坐立不安了。灌木丛里传出阵阵笑声，但是没有任何人或物品出现在舞台上。

“她让我们等什么呢？”梅修上校急躁地问道，“如果是演此时此刻，他们就不需要穿特殊服装了。”

梅修太太表示同意，除非她是要以一个大集合来结束戏剧。陆军、海军、英国国旗，在这些之后也许——梅修太太描述了倘若这是她的表演，她会如何来安排——有一个用纸板做成的教堂。教堂有一扇窗，朝东，采光非常好，它象征着——时机一到她就会明白了。

“她在那儿，在那棵树后面。”她小声说，指向拉特鲁布女士。

拉特鲁布女士站在那儿，看着她的剧本。“维多利亚之后，”上面写着，“试试十分钟当下。燕子、牛群等。”她想要暴露他们，事实上是用当下的现实去冲洗他们，但是尝试出了点问题。“现实太强烈。”她轻声抱怨，“诅咒他们！”她感受到了他们感受到的一切。观众是魔鬼。噢，若是可以写一本没有观众的剧本——真正的剧本。但是这会儿她正面对着观众，他们无时无刻不在拉动套索。她的小把戏出错了，若是有一块背景幕布悬挂在树间——可以挡住牛群、燕子和当下的时刻该有多好啊！但是她什么也没有。她已经停止播放音乐，她一边用手指摩擦着树皮，一边诅咒观众。她吓得惊慌失措，血液好像要从鞋底喷涌而出。当幻觉不起作用了，她在思维的边缘注意到，这是死亡、死亡、死亡。她站在那面对着观众，手都抬不起来了。

突然下起了阵雨，未曾预见，雨尽情地倾泻。

没有人看到云层飘过来，就在他们头顶上，黑压压、阴沉沉的。阵雨倾泻下来，就像全世界的人在一起哭泣。眼泪，眼泪，眼泪。

“噢，希望我们人类的痛苦可以就此结束了！”伊莎低语着。她抬起头，两大滴雨落在她的脸上，它们顺着她的脸颊往下流淌，就像是她自己的眼泪。然而它们是所有人的眼泪，是为所有人而流。观众们都抬起了手，零零散散地有太阳伞撑了起来。雨来得急下得大，一会儿就停了，草地上升起一股清新的泥土气息。

“下完了。”拉特鲁布女士叹了口气，擦去脸上的雨滴。大自然又一次参演，她冒着风险在户外演出也算是事出有因了。她挥舞着剧本，音乐开始了——A.B.C.——A.B.C.，曲调再简单不过了。但是鉴于刚下了阵雨，还有另一个声音在诉说着，这个声音不是任何个人的声音，它为人类无穷无尽的痛苦而倾诉：

国王在账房，

数着他的钱币，

王后在客厅……

“噢，我的生活可以就此结束了。”伊莎喃喃自语（小心翼翼不动嘴唇）。她愿意把自己所有的财富都给这个声音，只要这样做可以不再落泪。这个小小的、扭曲的声音占据了她的全部。在雨水浸湿的大地的祭坛上，她奉上了她的祭品……

“噢，快看啊！”她大声叫道。

那是一架梯子，而那块粗略涂了点颜色的布是一堵墙，还有一个背上背了一个灰浆桶的男人。那个记者佩奇先生，舔着铅笔，记录说：“仅用了可供她支配的非常有限的资源，拉特鲁布女士就向观众表达了文明（那面墙）已经破败不堪，却在人类的努力下重建。看那个背灰浆桶的男人，再看那个递砖头的女人，他们都是证明，任何傻子都能理解。现在出现的是一个带绒毛假发的黑人，还有一个和他相似的、肤色是咖啡色、戴着银色头巾的人。他们代表的估计是某个联盟……”

这是对我们自己的称颂，得到了观众们热烈的掌声，粗糙是当然的，但是她必须控制开支。一块涂上了颜色的布必须表达——《泰晤士报》和《每日电讯报》两家报纸同一天早上的头条所表述过的内容。

曲调哼唱的内容是：

国王在账房，

数着他的钱币，

王后在客厅，

吃着……

曲子突然停止了，曲调变了，是华尔兹吗？听的人一知半解。燕子们跟着曲子跳起舞来，环绕旋转，来来回回飞掠而过。是真正的燕子，一会儿后退，一会儿前进。而树木，噢，那些树木，多么严肃镇定啊，就像市政委员会里的议员，或者像某个大教堂里间隔开来的石柱……是的，它们挡住了音乐，把乐声集聚和储藏起来，防止流动的音乐溢出。燕子们——或者它们应该是圣马丁鸟？——这些喜欢绕寺庙飞翔的圣马丁鸟会来这儿，每年都会来这儿……是的，它们栖息在墙上，好像在预言昨天《泰晤士报》里报道的新闻究竟是怎么回事儿。家园会被建成，每一间公寓都会有冰箱，嵌入墙体里。我们每个人都将是自由之人，盘子将由机器来刷洗，不会有飞机来烦我们，所有人都解放了，成为一个整体……

曲调变化了，咔嚓一声、破碎声、缺口声，是狐步舞曲吗？还是爵士乐？不管怎样，音乐的节奏在一阵拳打脚踢中展开了，腾空跳跃，突然停止。一阵丁零当啷吵人的声响！然而，可供她支配的资源有限，你也不能要求太多。多么吵人的嘈杂声！什么都没有结束。如此突然，道德败坏。这么让人义愤填膺，这样的侮辱，还不是显而易见的，非常紧跟时代，几乎跟当下的情况一模一样。她玩什么花招？扰乱人心？按部就班？抽搐傻笑？挖鼻孔？斜着眼睛窥探？踮着脚监视？噢，这一代人的不敬只是短暂的——感谢上帝——这“年轻的一代”。年轻人，不创造，只打破，他们把旧观念打成碎片，把整体击得粉碎。只听到一阵刺耳的丁零当啷，哐啷哐啷，和一只绿啄木鸟的叫声——也就是他们平常所说的啄木鸟，一种喜欢从一棵树飞掠到另一棵树，而且喜欢笑的鸟。

看啊！他们从灌木丛中出来了——一群乌合之众。孩子？小恶魔——小精灵——恶魔，拿着什么？锡罐？卧室烛台？旧瓶子？哦，那是牧师住宅里的穿衣镜！那个镜子——是我借给她的，是我母亲的镜子，还有裂缝。这是打算干什么？任何能够照得见人影的东西都拿上台来了，可能是要展现我们自己？

我们自己！我们自己！

他们跳跃、摇晃、蹦跳着出场了，闪烁、耀眼、舞动、跳跃。现在是老巴特……出现在镜子里，这会儿是曼雷萨，这儿是一只鼻子……那儿是一条裙子……然后只有裤子……这时或许是一张脸……我们自己？但是那好残酷，映照出我们本来的面目，不给我们任何时间去假装……而且也只是部分呈现……这就显得我们如此扭曲，让人心烦意乱，而且一点都不公平。

擦拭、修剪、摇晃、镜子一闪而过，在场的观众暴露无遗。坐后几排的人站起来看热闹，马上又坐下来了，因为他们看到了他们自己……多么可怕的露面！即使对那些已不再关注自己面容的老人来说也还是很可怕……上帝啊！这丁零当啷的喧闹声！牛群也加入进来了，它们冲过来，晃动着尾巴，自然的沉默被打破了，将人类主人和牲畜隔开的屏障消失了。然后很多狗也加入进来，受到这一阵吵闹的刺激，它们忧心忡忡地向这边跑过来！快看它们！还有那只猎犬，那只阿富汗猎犬……快看它！

喧闹声到这个时候早已失去了控制，树后面那个不知叫什么名字的女士再一次从树丛中召唤——或者是他们自己跑出来的——女王贝丝、女王安妮、林荫路上的那个女孩、成年的理性，还有交通警察巴奇，他们来了。还有那些朝圣者，还有那对恋人，还有祖父的时钟，以及那个留胡子的老人，他们都出现了。而且他们每个人都说着自己角色里的某个词语或片段……我的思维（有个人说）不在最好的状态……另一个说，我是理性……我？我是那顶老式大礼帽……猎人回家了，从山上回来……家？矿工们为其流汗，而少女的信仰被粗暴地践踏……甜蜜温柔，甜蜜温柔的是来自西边大海的风……在我眼前的那是一把匕首吗？……猫头鹰呜呜乱叫，常春藤轻声敲打在窗玻璃上……小姐我的爱至死不渝，离开房间出来吧……房间里昆虫在编织裹尸布……我愿做一只蝴蝶，我愿做一只蝴蝶……你的遗嘱里是我们的宁静……这儿，爸爸，拿上书大声读……听，听，那些狗的确在叫，而乞丐……

那块穿衣镜真的太重了，年轻的邦索普虽长得健硕却再也拉不动这个该死的东西。他停了下来，所以他们都停了下来——有柄镜、锡罐、碗碟储藏室里的镜子碎片，马具间里的镜子，以及带有很多装饰图案的银镜——都停了下来。于是观众们看到了他们自己，无论如何并不是完整的自己，但是他们至少坐着不动了。

时钟的指针停在了目前这一时刻，就是现在，我们自己。

所以那就是她的伎俩！把我们本来的面目呈现在舞台上，此时此刻，所有人都开始挪动、整理形象、矫揉造作起来。手抬了起来，腿移动开来，即使巴特和露西也都转过脸去，所有人都在逃避或挡住自己——除了曼雷萨太太，她看着镜子里的自己，竟把它当成化妆镜来用了。她又拿出自己的镜子，在鼻子上施了些粉，把一缕被风吹乱的卷发拨回了它原本的位置。

“真了不起！”老巴塞罗缪大喊，就她一个人坦然地保持着她的身份，而且面对自己眼都不眨一下，平静地在嘴唇上抹口红。

拿镜子的人蹲下了，处心积虑、敏锐地观察着，等待着机会，充当解说员。

“那就是他们。”后面几排的人嗤嗤地偷笑。“我们必须要被动地接受这种恶意的侮辱吗？”前排的人问道。每个人表面上都在跟旁边的人说话——想到什么就说什么。每个人都设法移动一两英尺去躲避那只好奇无礼的眼睛，有些人甚至想要离开。

“我看戏剧已经结束了。”梅修上校低声说着，取回帽子，“是时候……”

但是他们还没有达成任何共同的结论，一个声音果断地说起话来。那是谁的声音没人知道，声音来自灌木丛——不知是谁的声音通过扩音器在大声地宣布着什么。那个声音说：

我们离开之前，女士们先生们，我们走之前……（站起来的人又坐下了）……让我们用简单的单音节词来说话，不说无用的话，不说言不由衷的话。让我们打破韵律，忘记韵律，冷静地思考我们自己，我们自己。有些骨瘦如柴，有些丰腴圆润，（镜子证明了这一点）我们大部分人都是骗子，也是小偷。（镜子对此不做评论）穷人和富人一样坏，或许更坏。

别躲在破衣服里，或者让衣服来保护我们；或者为了躲避而谈论书本知识，或者钢琴练习技巧，或者油画知识；或者认为童年具有纯真，想想羊吧；或者相信爱情，想想狗吧；或者那些有白头发的人就有德行，想想那些凶杀犯和在这里或那里投放炸弹的人，他们公然地做着我们暗地里做的事情。比如说（这会儿用扩音器说话的人采用了一种口语和会话式的语调）M先生的平房，是一道永远被抹杀的风景。那是谋杀……或者E太太的口红和血红色指甲……记住，专横的人是半个奴隶。作家H.先生的虚荣心，为了廉价的名声奋力挤入一堆脏东西之中……接下来就是庄园女主人温和却傲慢的态度——上层阶级的态度。在市场上买入股份再卖出去……噢，我们都一样。比如说我现在，身处灌木丛有树叶遮盖，我就可以假装愤怒逃脱斥责吗？有一段韵文能说明这一切，尽管有人会抗议甚至有人想杀我，我也受到过一些所谓的教育……看着我们自己，女士们，先生们！再看这堵墙，问问这堵文明之墙，被我们称之为伟大的墙，或许我说的不对，它是如何由像我们自己一样的剩菜、残屑和碎片建成的（说到这儿镜子出现一阵摇动和闪烁）？

尽管如此我要变换（通过韵律的方式，你们听）一首更高尚的曲子——包含有以下内容：我们对猫儿的善举，还有今天的报纸上“他妻子深深地爱着他”，以及驱使我们——注意，是没人看着的时候——半夜去窗边闻豆子气味的冲动。或者一个穿着凉鞋，长着丘疹，浑身脏兮兮的小人物坚决拒绝出卖自己的灵魂。存在灵魂这样的东西——你不能否认。什么？你看不见它？你能看到的关于你们自己的所有就是残羹、冷炙和碎屑吗？那么听留声机的证实吧……

出了点小故障，各种唱片混到一块了：有《狐步舞曲》《香甜的薰衣草》《家，甜蜜的家》和《统治大不列颠》。负责播放音乐的吉米急得浑身直冒汗，赶紧把这些唱片扔到一边，找到了正确的那张——是巴赫、亨德尔、贝多芬、莫扎特或者没什么名气的人的音乐呢？还是就是一首简单的传统乐曲？不管怎样，感谢上苍，在不知名的人用恶魔般的扩音器发出刺耳的声音之后终于有正常人说话了。

像滑落的水银、磁化的锉屑，注意力分散的人又被团结起来了。曲调播放，第一个音符带出第二个，第二个带出第三个，然后底下一股对立的力量生成，接着另一股力量生成。在不同的层次上它们分道扬镳，在不同的层次上我们自己往前走。有些人表面上在采集花朵，其他人则降低层次纠结它的意图。但是所有人都在领会，所有人都在积极参与。所有具有不可估量的思维、有深度的人蜂拥而至，他们是不受保护，没经过苦难的人。旭日初升，黎明破晓，从一片刺耳的嘈杂喧闹声中冉冉升起一片蔚蓝。然而不是仅有表层声音的旋律就控制了局面，还有敌对的、久经沙场的战士们正拉紧分崩离析的绳索：要分开？不。他们在地平线的尽头突然醒悟，在可怕裂缝的边缘听到召唤，他们跌跌撞撞，解决问题，重新团结。有些人放松了他们的手指，其他人分开了交叉的双腿。

那个声音是我们自己吗？冷炙、残羹、碎屑，我们也是这样吗？声音消失了。

随着波浪退去、薄雾散开，一切显露出来。于是人们抬起眼睛（曼雷萨太太的双眼湿润了，有一瞬间眼泪破坏了她的妆容），如同雨水退去后视野里呈现出一只流浪者的旧靴子，他们看到一个戴着牧师领带的人偷偷站上了一个肥皂盒。

“那是尊敬的 G.W. 斯特里特菲尔德，”记者舔了舔他的铅笔记录道，“他开始说话……”

所有人都盯着他。他肯定是经历着难以忍受的紧压感、紧迫感，从而屈就这种简单荒谬的行为！在所有不和谐的情景中，一个牧师穿着牧师服不得不走上台去做总结是最荒诞不经的场面。他张开嘴，噢，上帝，请保护我们远离亵渎的言语和不纯洁的言语！我们需要什么样的词语来提醒自己呢？难道我必须是托马斯，而你必须是简吗？

像一只乌鸦不经意间跳到一棵突出的树的光树枝上，他摸了摸衣领，清了清一开始有点沙哑的嗓子。一个事实减轻了观众们的恐惧：他的食指被烟渍染黄了，以其惯有的方式抬着。他并不是多么坏的一个人，这位 G.W. 斯特里特菲尔德牧师，他就像教堂里的一件传统家具，一个角落里的橱柜，或者一张门的顶梁，由村里一代代的木匠按照某个年代久远的模型制作而成。

他看着观众，然后抬头望望天空。他们所有人，乡绅们和村民们，都觉得尴尬，为他，也为他们自己。他站在那儿，作为他们的代言人、他们的象征，就是他们自己。像一个笑柄、一个笨蛋，被镜子嘲笑，被牛群忽略，被云层谴责，而云层还在继续重新构造天上的风景这项巨大的工程。他像一个叉状的树桩，与这宁静的夏日世界里的流畅自然和庄严雄伟毫无关系。

他开场的话（风变大了，树叶沙沙作响）观众们听不到，然后观众们听到他说 “什么”，说完之后他又加了一个词儿“信息”，最终一个完整的句子形成了，难以理解，却能够听得见。“什么信息？”看起来他是在问，“我们的露天表演想要表达什么信息呢？”

他们以传统的方式交叉着双手坐着，像坐在教堂里一样。

“我一直在自问”——前面的话重复出现——“这个露天表演试图表达的到底是什么意义，或者说信息？”

他自称为尊敬的牧师，还是个文学硕士，如果他都不知道，谁还能知道呢？

“作为观众中的一员，”他继续说（他的话开始有些意义了），“因为我不是批评家，我将粗陋地给出”——

他用黄色的食指摸了摸围在脖子上的白色衣领——“我的解释。不，解释这个词太大胆了，这位才华横溢的女士……”他朝四周看了看，没看到拉特鲁布女士。他继续说，“仅作为一个观众来说，我承认我感到困惑，我想知道，为什么要给我们看这些场景呢？简言之，没错，今天下午我们可用的资源是有限的，但是我们还是看到不同的群体上台表演。我们还是看到，除非我弄错了，有新的努力和尝试。有一些人被选中上台，还有很多人只是充当背景，这些我们肯定都看到了。但是话说回来，我们不知道这些吗——我是不是太自以为是了？我是不是像天使一样行事，而实际上就是一个不应该出现的傻子？至少对我来说它表明我们各自互为成员，每个人都是整体的一部分。是的，作为观众坐在你们当中的时候，我想到了这一点。难道我没有发觉哈德卡斯尔先生”（他指向那个人）“的祖先曾经是一个维京人（海盗），而在哈里登女士身上——如果说错名字了请原谅我——是不是有坎特伯雷朝圣者的影子？我们演出不同的角色，但是又都一样，这一点我就讲到这儿。然后随着戏剧或者表演的继续，我的注意力被分散了。或许那也是制作人的一部分意图？我认为大自然也参演了。我问自己，我们敢把生命局限为我们自己吗？难道我们不能相信有一种精神在鼓舞着我们，四处渗透……”（燕子们围着他旋转，似乎理解了他的意思，后又飞出了人们的视线）“这一点我也留给大家自己思考。我不是来解释的，我也没有被指派这样的任务。我只是作为观众的一员发言，我们自己当中的一员。我也看到自己照在镜子里，就像自己照镜子时一样……”（笑声）“冷炙、残羹和碎屑！毫无疑问，我们是不是应该团结？”

“但是，”（“但是”开启了新的一段）“我还为履行另一个职责而发言，作为基金项目的财务主管，在这个职责范围内，”（他翻阅了一张纸）“我很高兴地告诉大家，通过今天下午的活动，我们已经筹得了总计三十六镑十先令八便士，而我们的目的是为我们亲爱的老教堂提供照明。”

“掌声。”记者报道说。

斯特里特菲尔德先生停下来，他倾听，他听到远处有音乐声传来吗？

他继续说：“但是还差”（他看了一下纸）“一百七十五

镑多一点，所以我们每个欣赏这场表演的人仍有机……”这个词被切成了两半。一阵隆隆声切断了它，十二架排着完美队形的飞机像一群野鸭子飞到了他们头顶。那就是他之前听到的音乐，观众们目瞪口呆地看着飞机，观众们失神凝视着，隆隆声变成了嗡嗡声，飞机飞走了。

“……机会，”斯特里特菲尔德先生继续说，“捐款。”他做了个手势。马上筹款箱就行动起来了，从镜子后边冒了出来。铜币的嘎噔声，银币的叮当声，噢，多可惜啊——多让人惊悚啊！那个傻子艾伯特来了，摇晃着他的筹款箱——一只没有盖的铝制炖锅。你没法拒绝他，可怜的人儿，一些先令扔了进来，他摇动箱子，暗自窃喜，叽里咕噜，喋喋不休。帕克太太捐款的时候——有两先令六便士之多呢——她呼吁斯特里特菲尔德先生驱逐这个祸害，以扩大他作为牧师的保护范围。

这个善良的人亲切地注视着傻子艾伯特，他表明自己的信仰里有艾伯特的空间，斯特里特菲尔德先生看起来好像在说他也是我们的一部分。然而不是我们愿意承认的那部分，斯普林格特太太无声地补充说，她也捐了六便士。

因为注视着傻子艾伯特，斯特里特菲尔德先生记不起自己说到哪儿了，他对于语言的掌控不见了。他摆弄着手链上的十字架，然后他又把手伸进裤子口袋里寻找，他偷偷地取出一个小银盒（是个打火机），很明显一个自然之人的自然欲望战胜了他，他已经没话可说了。

“现在，”他继续说，打火机紧握在他手心里，“是我的职责中最让我愉快的一部分了，我提议鼓掌感谢这位才华横溢的女士……”他四下寻找那个他的描述所指的人，但却找不到。“……看来她不想让自己公之于众。”他停顿了，“那么……”他又停顿了。

这是件很尴尬的事情。如何结尾？感谢谁？自然界的每一个声音都听得非常清楚：树木的飒飒声、奶牛的呼吸声，甚至燕子们掠过草地的声音都能听得到，但是没人说话。他们该让谁来承担责任呢？他们可以感谢谁给他们提供这次演出呢？没有人吗？

然后灌木丛后发出一阵混乱声，一开始是先兆性的刮擦声，是针头刮破唱片的声音，噗噗，噗噗，噗噗，针头终于找到凹痕，一阵滚动和颤动预示着上帝……（他们都站起身来）保佑国王（《天佑国王》[1]）。

观众们站着，面对演员，演员们也站着，握着筹款箱不动。他们的镜子藏了起来，他们扮演不同角色时身上穿的长袍也垂下来了，一动不动了。

幸福荣光好，

统治万年长，

天佑吾国王。

音调逐渐消失了。

这就结束了吗？演员们不想走。他们徘徊着，相互交流着。那是交警巴奇在和女王贝丝交谈，成年理性在和驴子前半身的扮演者亲切交流，哈德卡斯尔小姐抚平了裙撑上的褶皱；小英格兰，还是个孩子，吮吸着一块从袋子里

① 《天佑国王》为英国国歌，如果是女王在位，则是《天佑女王》。

拿出来的薄荷糖。每一个演员都还在扮演他们的服装赐予他们的那些未演完的角色。美就在他们身上，美让他们得以显露。是灯光的作用吗？是不是那纤弱、暗淡、不善问询但却锐利的夜晚的灯光，能够揭示水的深度，甚至能让红色的砖房熠熠生辉？

“看，”观众小声说，“噢，看啊，看啊，看啊。——”他们再一次鼓掌。演员们手牵手鞠躬。

老林恩·琼斯太太，摸索着她的手袋，叹气说，“多可惜啊——他们必须换衣服吗？”

然而是时候收拾东西离开了。

“回家，男士们；回家，女士们。是时候收拾东西离开了。”记者吹起了口哨，猛地拉上他的笔记本的绑带。而帕克太太正弯着腰。

“恐怕我的手套掉了，很抱歉麻烦你，在那下面，两个座位之间……”

留声机用曲调证实演出确实结束了，它欢欣鼓舞却是告别式地唱着：我们解散了，我们刚才还聚集在一起。但是，留声机强调：让我们保持任何产生那份和谐的东西吧。

噢，让我们，观众们重复着（弯腰、凝视、摸索），保持团结。因为当中有乐趣，甜蜜的乐趣。

我们解散了，留声机重复说。

观众转身看到灯火通明的窗户，每一个都像被金黄的太阳涂上了颜色，他们低声说："家，男士们，甜蜜的……"然而又耽搁了一会儿，透过那片金色的光辉看过去，或许能看到锅炉上有个裂缝，或许能看到地毯上有个破洞，或许听到了每日必有的账单投入信箱的声音。

我们解散了，留声机通知他们，遣散他们回家。于是，最后一次伸展身体后，每个人都伸手拿东西，可能是一顶帽子，或者是一根拐杖，或者是一双羊皮手套。他们最后一次为巴奇和女王贝丝鼓掌，为那些树，为白色的公路，为伯尔耐大教堂，也为那栋笨楼。人们互相打招呼，然后解散，穿过草坪，走上小路，经过宅子，来到铺满碎石的新月标志处，汽车和自行车密密麻麻地停在那儿。

朋友们经过时互相打招呼。

"我真的认为，"有人说，"那位不知道叫什么名字的女士本应该出面，而不是交给牧师……毕竟，是她写的剧本……我认为剧本很精彩……噢，天啊，我认为就是一派胡言。你理解她的意思吗？他说她的意图是我们都参演所有的角色……他还说，如果我听懂了的话，大自然也参演了……然后还有那个傻子……而且，如我丈夫所言，如果是历史剧的话，为什么没有军队呢？如果一个灵魂可以触动所有人的灵魂，那飞机又是怎么回事？……哎呀，但是你这也太苛刻了。毕竟，这只是一场乡村戏剧……对我而言，我觉得他们应该感谢场地的主人。我们每次有露天表演的时候，草地要到秋天才能恢复过来……后来我们搭了帐篷……就是那个人，科布斯康纳宅的科贝特，他种的花赢得了所有花展中的所有奖项。我个人并不喜欢得奖的花儿，或者是得奖的狗……”

我们解散了，留声机里愉悦地唱着，然而接下来是哀伤，我们解散了……

“但是别忘了，”老年密友们聊着天，“他们得少花钱多办事啊。每年的这个时候很难让人去排练节目，他们有收割回来的干草要处理，更别提还有电影要看了……我们需要的是一个集中点，一件将我们聚集起来的事情……

不管怎样，布鲁克斯一家已经去意大利了。十分匆忙？……如果最糟糕的事情发生——我们希望不会——他们会租一架飞机的，他们是这样说的……把我逗乐的是老斯特里特菲尔德先生摸索着找他的烟袋的样子。我喜欢表现自然的人，不要总是难以靠近……还有那些从灌木丛里发出来的声音……那是神谕吗？……你是指古希腊人的神谕吗？那些神谕，希望我没有太无礼，是我们宗教的一种征兆吗？征兆是什么？是橡胶鞋底？很耐用……它们穿的时间更长而且能保护足部……但是我是说基督教信仰能不能做出改变，适应变化？在像这样的时代……已经没有人去教堂了……那儿有狗，那儿有电影……他们告诉我说，很奇怪现在科学正制造出（可以说是）精神更加高尚的东西……最新的观念，我听说是，没有什么东西是可靠的……看那儿，你能在树木间瞥见教堂……”

“安菲尔比先生！很高兴见到你！一定要来家里吃饭……哎呀，不了，我们要回城里了。议院要开会……我刚告诉他们，布鲁克斯一家去意大利了。他们看到火山了，非常壮观，他们说——他们很幸运——刚好碰到爆发。我同意——欧洲大陆的情况越来越糟糕。想想吧，如果他们想要侵略我们，会采取什么途径？我当时没有说，但是刚才那些飞机让人想到……不，我觉得那也太好战了。就拿那个傻子来说，这么说吧，她是想表达一些隐含的意义，就是他们所谓的潜意识？但是为什么总是要把性爱扯进来……没错，我承认在某种程度上我们所有人都还是野蛮人，那些涂着鲜红指甲的女人，那样的穿着打扮——那是什么？我觉得像未开化的老年野蛮人……铃响了，叮当，叮……有点破裂的旧铃铛……还有镜子！照着我们……我认为很残忍，让人觉得我像个傻瓜，不受保护……我看那是斯特里特菲尔德先生打算去做晚礼拜。他得赶快了，要不然没时间换衣服了……他说她的意思是我们都参演了，就算是吧，然而我们演的是谁的戏剧呢？啊，就是这个问题！如果最后我们还要问问题，这对于一部戏剧来说不是一个失败吗？我得说如果去剧院，我喜欢确定自己领会了它的意思……或者，那或许就是她的意图？……叮当，叮……如果我们不妄下结论，如果你思考，我也思考，或许有一天，各种想法都有了，我们会想到一块去？”

“那是亲爱的卡法克斯老先生……我们可以载你一程吗，如果你不介意挤在我们中间的话？我们正在互相询问一些关于戏剧的问题，卡法克斯先生。现在到镜子了——他们是想说镜像就是梦境吗？而那首曲子——是巴赫、亨德尔，或者不是什么特别有名的人的曲子——是真相，或者应该反过来？”

“哎呀，多乱啊！好像没人能区分自己的汽车，所以我挂了一个吉祥物，一只猴子……但是我看不见它了……等会儿吧，来说说，下阵雨的时候你感觉是有人在为我们所有人哭泣吗？有一首诗，眼泪，眼泪，眼泪，这是开始。然后继续：噢，像决堤的海洋……但是我不记得剩下的部分了。”

“然后当斯特里特菲尔德先生说一个灵魂触动所有人的灵魂时——飞机打断了他的话。那是室外演出最糟糕的地方……当然除非她正想把那部分加进去……天啊，这停车场安排得可真是不够宽敞……我也没有想到会有这么多希斯巴诺－苏莎[①]……那是一辆劳斯莱斯……那是一辆宾

① 希斯巴诺－苏莎曾在20世纪初期为西班牙皇室生产御用座驾。

利……那是一辆新型福特……回到戏剧的意义上去——机器是魔鬼吗？或者是它们带来了不和？……叮当，叮……随着这声响，我们到了最后……叮当……这是有吉祥物猴子的那辆车……上车……再见，帕克太太……给我们打电话。下次我们来的时候别忘了……下一次……下一次……”

车轮在碎石上急速转动，汽车开走了。

留声机的声音汩汩流淌：团结——分散。它说：团……分……然后停止。

只剩下午饭时聚到一起的小团体站在露台上了。朝圣者在草地上磨出了一条痕迹，而草坪也需要做大量的收拾整理。明天会有电话打进来：“我是不是把手袋落下了？……一副眼镜放在红色的皮革盒子里？……一枚小小的除了我之外对别人没有任何价值的旧胸针？”明天会有电话打进来。

这时候奥利弗先生说：“亲爱的女士，”他还把曼雷萨太太戴着手套的手放到自己手上，按压了一下，好像在说：“你给了我一些东西，而现在又要从我这儿拿走了。”他本来还想再握一会儿这只戴着绿宝石和红宝石的手，据说这些都是瘦弱的拉尔夫·曼雷萨在衣衫褴褛的年代挖出来的。但是哎呀，夕阳的余晖完全不给她情面，她的妆看起来像镀上去的，没有很好地融入皮肤。于是他放下她的手，她则冲他调皮地眨了一下眼，仿佛在说——但是句子还没说完就被打断了。因为她转过身，贾尔斯正好站起来，气象学家预告过的轻风吹动着她的裙子，而她像个女神，迈着轻快的步伐，富足丰盈，身后跟着一群用花链绑着的俘虏。

所有人都在撤退、离开、散去，留给他的只有冰冷的灰烬，没有了红光，木头上没有了红光。离去的曼雷萨太太，身边跟着贾尔斯，她是一个令人爱慕的女人，总能制造轰动，她锯坏了玩具娃娃，还让锯末在他心中流淌，还有什么词语可以表达他此刻跌落的心情和血管里的暗流奔涌呢？

老人发出一阵刺耳的喉音，转向右边。一瘸一拐，一瘸一拐，慢慢前行，因为音乐结束了，他独自一人慢慢穿过树林，就在这儿，那天大清早，他毁掉了那个小男孩的世界。他头上罩着报纸跳出来，吓哭了孩子。

莲花池往后的小山谷里，演员们在那儿换衣服。他仿佛能透过灌木丛看到他们。有的穿着马甲和裤子，有的在解钩扣，有的在扣纽扣，有的趴在地上，有的把衣服塞进廉价的公文包里，草地上散落着银质宝剑、胡子和绿宝石。拉特鲁布女士穿着外套和裙子——裙子太短了，因为她的腿比较粗壮——要费力地把鼓成一团的裙撑抚平。他必须尊重传统。所以他在池子边停步了。池水并不清澈，因为底下有污泥。

这时，露西从他身后跟上来，“我们是不是应该感谢她？”露西问他，在他手臂上轻轻拍了一下。

她信仰的宗教已经把她变得如此没有知觉能力了！宗教那炷香的气味蒙蔽了她的心灵。她的眼睛掠过湖面，竟忽视了泥浆里的争斗。拉特鲁布女士被牧师的解释残酷地折磨了一番，又受到演员们的伤害和打击……“她不需要我们的感谢，露西。”他粗暴地说。她就像这条鲤鱼，她想要的（有东西在水里游动）是泥浆里的黑暗，是酒馆里的威士忌和苏打水。他粗声粗气的话语像蛆虫一样落下来，落入水中。

“要感谢演员，而不是作者，”他说，“或者我们自己，也就是观众。”

他朝身后看过去。那位老夫人，原住居民，史前居民，正由一个男仆推着离开，他推着她穿过了拱门。这会儿草坪空了，屋顶的线条、笔直的烟囱在夜晚的蓝色里闪着红光，直冲云霄。宅子出现了，那座刚才一直消失在视野里的房子出现了。他非常高兴一切都结束了——疾驰的汽车和混乱的场面，娇艳的腮红和闪烁的戒指。他弯腰扶起一棵花瓣已经脱落的牡丹。孤独感又回来了，理性和被灯光照亮的报纸也回来了……但是他的狗在哪儿呢？用链条系着关在狗舍里了？他太阳穴上的小血管因为愤怒而膨胀。他吹响口哨，来了，它刚被坎迪什释放出来，快速地穿过草坪，鼻孔上还挂着一小片泡沫，他的狗跑过来了。

露西还在盯着莲花池。“都走了，”她喃喃低语，“躲到树叶底下了。”受到路过人影的惊吓，鱼儿躲了起来。她注视着水面，漫不经心地抚摸着十字架。但是她的眼睛却在水面搜寻，寻找鱼儿。莲花的花苞还没有开放，红色的莲花、白色的莲花，每一朵都像沉睡在自己的叶子上。

往上，空气快速流动；往下，池水暗中涌动。她站在两种流动性之间，抚摸她的十字架。信仰要求她每天清早跪着祈祷几个小时，她经常无法抵抗眼睛四处张望所带来的乐趣——一束光线、一个阴影。现在角落里这片锯齿状的树叶从外形上看让人想起了欧洲。还有其他的叶子，她的眼睛在树叶表面跳动，给它们命名为印度、非洲、美国。这些叶片是安全的岛屿，光滑稠密。

“巴特……”她对他说。她本打算问他蜻蜓的问题——如果我们不断消灭它，蓝色丝线样的蜻蜓会掉下来吗？但是他已经回房子里去了。

有东西在水里游动，是她最喜欢的扇尾金鱼。金色的圆腹雅罗鱼也跟着动起来了。然后她窥见一缕银色——是那条大鲤鱼，它几乎很少来到水面。它们快速游动着，在水草的根茎里穿梭，银色、粉红、金色，溅起水花、飞速移动、色彩斑驳。

“我们自己。”她自言自语，希望不用借助太多理性的帮助，她就能从灰色的池水里获取一些闪烁的信念。她的目光跟着那些鱼儿，有斑点的、快速游动的、色彩斑斓的，她在这个景象中看到我们自己的美、力量和荣誉。

鱼儿有信仰，她推理。它们相信我们，因为我们从没有抓过它们。但是她哥哥会说："那是贪婪。""那是它们的美！"她抗议。"那是性爱。"他会说。"是谁使得性爱对于美毫无招架之力？"她会辩解说。他对谁耸肩了？为什么？安静下来，她回到自己私密的幻想中，那是善良的美，我们就漂浮在美的海洋之上。大部分时间我们的船都防渗漏，但是肯定每条船都会有渗水的时候吧？

他会高举理性的火炬直到它在黑暗的洞穴里熄灭。而对她自己，每个早晨跪着祈祷的时候，她保留自己的幻想。每天晚上打开窗户，看着天空下的树叶，然后入睡。之后随意的、不间断的鸟鸣声会把她唤醒。

鱼儿游到水面来了，她没什么东西给它们吃——连面包屑都没有。"等等，亲爱的。"她对它们说。她打算快步走进屋里向桑兹太太要一块饼干。这时一个身影落下来，鱼儿闪电般游走了。多烦啊！那是谁？噢，是那个她忘记名字的年轻人，不是琼斯，也不是霍奇……

道奇突然离开了曼雷萨太太，他一直在花园里到处寻找斯威森太太，现在他找到了她，而她已经忘了他的名字。

“我叫威廉。”他说。听到这话她想起来了，像一个穿着白色裙子的女孩，在花园里的玫瑰花丛中跑着去迎接他——然而这是一个并未实行的场景。

“我打算去拿一块饼干——不，去感谢演员们。”她说话磕磕巴巴、一副天真无邪的模样，满脸绯红。接着她记起了她哥哥。“我哥哥，”她又说，“说我们不应该感谢作者，拉特鲁布女士。”

她总是说“我哥哥……我哥哥”，哥哥总能从她内心深处的莲花池中冒出来。

至于演员们，哈蒙德已经解开了他的胡子，现在正扣紧外套，把扣子中间的链条塞好后他就离开了。

只有拉特鲁布女士还在，弯腰趴在草地上找什么东西。

“戏剧结束了，”他说，“演员们都离开了。”

“我们不应该，我哥哥说，感谢作者。”斯威森太太重复说着，朝拉特鲁布女士所在的方向看去。

“那么我要感谢你。”他说。他拉住她的手按揉着，根据情况估计，他们可能再也不会见面了。

教堂的钟声总是响着响着就停了，让人禁不住问：不会有另一声钟响了吗？走到草坪的半路上，伊莎聆听着……叮，当，叮……不会再有另一声响了。教堂会众集合完毕，跪在教堂的地板上。祷告开始了。戏剧结束了，燕子在之前是舞台的草地上掠过。

那是道奇，那个读得懂唇语的人，与她相似，是她的同谋，像她一样寻找隐秘的脸庞。他急匆匆地去和曼雷萨太太会合，而后者已经和贾尔斯走到前面去了。“我孩子的父亲。”她低声说。欲望像洪水猛兽向她袭来，炽热和一触即发的神经，一会儿放光发亮，一会儿又像人体一样暗沉。她追寻这一整天都在寻找的那张脸，以此来治愈被毒箭射中而生成的脓疮。她整理了一下服装发饰，仔细在各个背影中搜寻，朝身后张望，寻找那个穿灰色衣服的人。他曾在一个网球派对上递给她一杯茶，还有一次给她递过一个球拍，仅此而已。但是，她内心在哭喊着，如若我们在银条似的鲑鱼跃起之前相识……如若我们那时已经相识，她在哭泣。而幕间茶歇时，她儿子艰难地穿过谷仓里拥挤的人群来到她面前，她也喃喃自语“如若他是那个人的儿子”，……经过育婴室时，她摘下那片正巧长在窗边的苦叶子，是铁线莲的叶子，枯萎的细条代替了话语，因为已经说不出话，也长不出玫瑰。她快速走过她的同谋身边，与她相似之人，寻找消失的人的脸庞。“像维纳斯。”他心想着，粗略地转化了一下，“成为她的俘虏……”于是他跟在她身后。

经过转角，贾尔斯在那儿紧黏着曼雷萨太太。她站在车门边，而贾尔斯把脚放在踏板的边缘上。他们觉察到那些即将射中他们的弓箭了吗？

“跳上来，比尔。”曼雷萨太太开他玩笑说。

车轮在碎石上急速转动，汽车开走了。

最后，拉特鲁布女士终于可以从弯腰的姿势直起身来。为了躲避人们的注意，她多弯了一会儿腰。钟声停止了，观众们走了，演员们也走了，她可以直起背了，她可以伸开双臂了。她可以对这个世界说，你拿到了我的礼物！荣耀附体——就在那么一瞬间。但是她给予了什么？地平线上，一朵云彩融入了另一些云彩。给予才会带来胜利后的心满意足。成就感消失了，她的礼物没有任何意义。要是他们理解了她的意思，要是他们知道自己所饰演的角色，要是珍珠都是真的、经费没有限制——那就是一份更好的礼物。而现在它与其他礼物也没什么差别了。

“一场失败。”她抱怨道，弯下腰收拾唱片。

突然一群欧椋鸟飞到了她之前隐身其后的那棵树上。它们像许多长着翅膀的石头一样砸在树上，整棵树都回荡着它们制造的嗖嗖声和嗡嗡声，仿佛每一只鸟都拨动了一根弦。树上黑压压一大片鸟儿拍动着翅膀，嗖嗖、嗡嗡的声音从树上升起，整棵树变成了一支狂想曲，一阵嘈杂的颤音，一阵欣喜的嗡嗡声和颤动声，树枝、树叶、鸟儿各自发出不协调的音节歌唱生活、生活、生活，它们一刻不停地啄食着这棵树。然后飞起来，然后飞走了！

是什么打断了它们？原来是老查莫斯太太，她正缓慢地穿过草坪，手里拿着一束花——很显然是粉色的花——

要插到她丈夫坟上的那个瓶子里。冬天插的是冬青，或常春藤，而夏天，则是花儿。是她吓跑了那些欧椋鸟，现在她已经穿过草地了。

拉特鲁布女士锁好箱子，把这个装着留声机唱片的重箱子举到肩膀上。她穿过露台，在欧椋鸟聚集的那棵树边停下来休息。就是在这儿，她经历了胜利、羞辱、狂喜、绝望——却没有任何意义。她的鞋跟在草地上轧出了一个洞。

天黑了。没有云朵在天空捣乱，蓝色变得更蓝了，绿色变得更绿了。不再有什么风景了——没有笨楼，没有伯尔耐大教堂的尖顶，有的只是土地，也不是具体的土地。她放下箱子，站在那儿看着这片土地，然后有东西浮现出来了。

“我应该整理整理它们，”她低声自语，“就在这儿。”午夜时分，有两个人半隐藏在岩石后面。序幕升起，第一句台词是什么来着？她想不起来了。

她再一次把这个笨重的箱子举上肩头，大步穿过草坪。宅子安静了，一缕炊烟在树下变得浓密起来。奇怪的是这片土壤上长着这么多活力四射的花朵——莲花、玫瑰花、一簇簇白花和一丛丛茂盛的绿色植物——却还是那么坚硬。突然土里好像冒出大片绿色的水似乎要向她涌过来，于是她历经了一段远离海岸的航行，最后，她举起手摸索着铁大门的门闩。

她想从厨房的窗户把箱子扔进去，然后继续往前去酒馆。自从和那个住她房子、花她钱财的女演员争吵之后，她对酒精的需要越来越强烈。还有独自一人的恐惧和害怕也越来越强烈，总有一天她会违反——哪一条乡村戒律呢？醉酒、失贞，或者拿了某件并不完全属于她的东西？

在转角处她遇到了从墓地归来的查莫斯太太。老太太低头看着手里拿的那些枯萎的花朵，挡住了她的去路。住在种着红色天竺葵的乡下小屋里的女人们总是会这样。她是一个被排斥的人。大自然不知怎么就把她和她的同类分隔开来，然而她在她手稿的边缘潦草地写着："我是我观众的奴隶。"

她从餐具洗涤处的窗户把箱子塞进去，然后继续前行，直到走到角落处，看到酒馆窗户上挂着的红色窗帘。那里会有庇护，各种声音混合，适合遗忘。她拉动了酒馆的门把手，迎接她的是一股过期啤酒的呛人味道，人声鼎沸。他们停止谈话了，因为他们正在谈论“专横”，那正是他们给她起的绰号——没有关系，她坐到椅子上，透过香烟的烟雾，欣赏着一幅未经加工的玻璃画饰上的奶牛，还有其上的公鸡和母鸡。她举起酒杯放到唇边，饮了一口，聆听，单音节的话语沉入了泥地里。她困倦了，打起盹来。泥土变得肥沃，饱受压迫的、沉默的公牛艰难地穿过泥地，话语再也无法忍受，冲破泥土。没有意义的话语——精彩的词语。

廉价的时钟滴答作响，烟雾模糊了画面，在她的上颚形成酸涩的味道。烟雾模糊了大地色的土豆皮。她再也看不见它们，而它们却支撑着她。她双手叉腰坐着，面前放着酒杯。午夜时分的那片高地上，大石头上，两个几乎察觉不到的人影，突然那棵树被成群的欧椋鸟啄食。她放下杯子，她听到了之前想不起来的第一句台词。

位处低洼之地，树木之下的波因茨宅里，餐厅的桌子已经收拾干净了。坎迪什用弧形的刷子清理完了食物碎屑，抽出了掉落的花瓣，最后留下那一家人在餐厅吃甜点。戏剧结束了，陌生人都走了，只剩下他们——一家人。

戏剧仍然萦绕在思维的天空里——移动，减弱，但仍然存在。斯威森太太把树莓放在白糖里蘸了蘸，仍像在想着戏剧。她把树莓塞进嘴里，说，“那是什么意思呢？”然后又说，“农民、国王、傻子，还有”（她吞下树莓），“我们自己？”

他们都像在看着戏剧：伊莎、贾尔斯和奥利弗先生。当然每个人都看到了不同的东西。转眼间它又消失在视野之中了，加入其他戏剧的行列。奥利弗先生拿出他的方头雪茄烟说：“规模太大了。”点燃雪茄后他补充说，“考虑到她有限的经费。”

雪茄烟的烟雾慢慢散去了，像其他云层一样，看不见了。透过烟雾，伊莎看到的不是戏剧而是散开的观众。有些开车，有些骑自行车，一张大门打开了，一辆汽车开上车道，开往小麦田边的红色别墅，金合欢树低垂的大树枝拂过车顶，花瓣撒落，汽车到达了目的地。

“那些镜子以及从灌木丛里传出来的声音，”她低声说，

“她那是想表达什么意思？”

“当斯特里特菲尔德先生让她解释时，她不肯。”斯威森太太说。

贾尔斯将一根香蕉的表皮分四块剥开，露出白色的果肉，递给他的妻子。她拒绝了。他在盘子上捻灭火柴，火柴在树莓汁里嘶嘶几声灭了。

“我们应该感谢天气，”斯威森太太说着，叠好餐巾，“除了一阵大雨之外，天气很完美。”

这时她站了起来，伊莎跟着她穿过大厅去到大房间。

直到外面太黑什么也看不见了，他们才会拉下窗帘；直到外面太冷了，他们才会关上窗户。为什么这一天还没有结束就把它关在外面呢？花儿还明艳地开着，鸟儿啁啾鸣啭。晚上你常常能看到更多，因为没有什么打扰你，不需要预订鱼，也不需要接电话。斯威森太太在那幅威尼斯的大油画前停了下来——那是卡纳莱托[①]流派的画作，很可

① 卡纳莱托（1697-1768），意大利风景画家，尤以准确描绘威尼斯风光而闻名。

能在贡多拉的船篷里有一个人——一个女人，带着面纱，又或者是一个男人？

伊莎收拾好桌上的针线活，双腿蜷缩躺靠在窗边的椅子里。在这个房间的壳里，她往外眺望夏日的夜景。露西欣赏完威尼斯画作回来了，静静地站着。灯光使得她眼镜的镜片闪烁着红光，黑色的披肩闪耀着银色的光芒。有那么片刻的工夫，她看起来像另一部戏剧里的悲剧人物。

然后斯威森太太用平常的声音说起话来："他说今年我们比去年收获更多，可是他不知去年下雨了。"

"今年，去年，明年，永不……"伊莎喃喃自语，她的手在窗台的阳光下感觉一阵灼热。斯威森太太拿起了桌子上的编织物。

"你感受到他说的那句话了吗？"她问道，"他说的我们饰演不同的角色但又都一样。"

"是的。"伊莎回答说。"不。"她又补充说。是的，不。是，是，是，肯定的答案匆忙跑出来支持；不，不不，否定的答案表示反对。旧靴子出现在碎石滩上。

"残羹、冷炙、碎屑。"她引用了消失的戏剧里她还记得的一句台词。

露西张开嘴正要回答，她一只手正抚摸着十字架，这时男士们进来了，她欢快地对他们表示欢迎，还挪动双脚以腾出一些空间。但是实际上房间的空间足够大，且还有几把质量很好的罩盖椅。

他们坐下来，落日的余晖照得他们高贵起来。两个人都换了衣服，贾尔斯现在穿着职业人士的黑色外套，打着白色的领带，这需要——伊莎低头看他的双脚——黑色漆皮皮鞋与之相配。“我们的代表，我们的发言人。”她冷笑道。然而他特别帅气，“我孩子的父亲，我既爱又恨的人。”爱和恨——这两种情感使她精神分裂！确实是时候需要有人来虚构一个新的情节，或者让作者从灌木丛里走出来了……

这时坎迪什进来了。他送来了这一天的第二份邮件，放在银色的托盘上。有信件、账单和早上的报纸——它能让人忘却前一天的报纸。像鱼儿冲到水面抢吃饼干屑，巴塞罗缪一把抓住报纸，贾尔斯撕开了一份显然是商业文件的信件的封盖，露西读着斯卡伯勒的老朋友寄过来的一封带有十字形图案的信件。伊莎收到的就只有账单了。

那些日常的声响在空旷的房子里回荡：桑兹太太生火的声音、坎迪什拨弄锅炉的声音。伊莎看完了账单，坐在空壳一样的房子里，看着露天表演慢慢消逝。花儿凋谢前会闪光，她看到它们的闪光了。

报纸噼啪作响，时钟的秒钟急速转动着。达拉第先生控制住了法郎，那个女孩开始和士兵们嬉戏，她尖叫，她打了他……之后发生了什么呢？

当伊莎再看那些花朵时，它们已经凋谢了。

巴塞罗缪轻轻打开了台灯，追随报纸围坐在一起的读者们的视线被点亮了。那片低洼的、被太阳晒干的土地上聚集着蝗虫、蚂蚁和甲壳虫，它们滚动着干硬的土卵石穿过闪烁的麦茬丛。那片太阳晒干的土地上，有一个玫瑰色的角落，在那儿巴塞罗缪、贾尔斯和露西给面包涂上了黄油，小口小口地啃着，掉下来一些碎片。伊莎看着他们。

然后报纸垂了下来。

“看完了吗？”贾尔斯边说边从父亲手里拿过报纸。

老人松开手，他心满意足了，一只手抚摸着猎犬项圈处波纹状、有点褶皱的皮肤。

时钟滴答作响。宅子发出轻微的噼啪声，好像房子很脆弱，很干。伊莎放在窗户上的手突然感觉到冷，阴影笼罩了花园，玫瑰花儿在夜色中隐退了。

斯威森太太一边叠信，一边低声对伊莎说：“我看了一眼孩子们，在纸玫瑰下睡得很香呢。”

“国王加冕礼上留下的。”巴塞罗缪咕哝着，半睡半醒。

“我们其实并不需要这么麻烦装饰谷仓，”露西补充说，“因为今年没有下雨。”

“今年，去年，明年，永不……”伊莎喃喃自语。

“锅匠，裁缝，士兵，水手。”巴塞罗缪回应道。他处于半睡半醒的状态。

露西把信塞回信封。是时候阅读了，读她的《历史纲要》，但是她忘了读到哪儿了。她翻开书页看着里面的图片——猛犸象、乳齿象、史前鸟类。然后她找到了她上次读到的那一页。

夜色渐深，微风吹过整个房间，稍有点战栗，斯威森太太把她闪闪发光的披肩往肩膀上拉了拉。她太沉浸在故事里而没有叫人把窗户关上。书上说，“英格兰那时候还是一片沼泽，茂密的森林覆盖着大地，乱蓬蓬的树顶上鸟儿在欢唱……”

敞开的窗户像个大方框，但它现在展现的只有天空。天空也已经失去了光辉，只剩严酷，如石头般冰冷。阴影降落下来，爬上了巴塞罗缪高高的额头，爬上他的大鼻子，他看起来光秃秃的，像幽灵一般，而他的椅子像一块丰碑。像狗抖动皮肤一样，他的皮肤也在抖动。他站起来，晃动了一下身体，瞪着眼发呆，然后昂首阔步地走出了房间。他们听到猎犬跟在他身后，爪子轻踏在地毯上的声音。

露西飞快地翻过书页，她感到不安，像一个孩子读到章节的结尾却被告知得上床睡觉了。

“史前的人，”她读到，“半人、半猿，从半卧的姿势中惊醒，举起了大石头。”

她把来自斯卡伯勒的信放在书页间，标记章节的结尾，然后站起身，笑了笑，蹑手蹑脚地走出了房间。

老人都上楼睡觉了。贾尔斯把报纸揉成一团，关上台灯。这一天两个人第一次单独待着，他们没有说话。单独在一起时，恨意显露，爱也显露。睡觉之前，他们一定会吵架；吵完之后，他们会拥抱，从那个拥抱中可能会有另一个生命诞生。但是首先他们必须吵架，像雄狐和雌狐一样，在黑暗的心脏里，在夜间的田野里吵架。

伊莎任凭她的针线活掉落，大罩盖椅变得巨大，贾尔斯也变得巨大，倚在窗边的伊莎也同样变得巨大。窗外是一片无色的天空，宅子失去了白天的庇护。这是世界还没有出现公路或房子时的夜晚，这是山洞居民站在石头高处眺望景色的夜晚。

然后序幕升起，他们开始说话。